講談社文庫

室の梅

おろく医者覚え帖

宇江佐真理

JN263458

講談社

目次

室の梅

——おろく医者覚え帖

おろく医者

一

日本で最初に腑分《ふわ》けが行われたのは宝暦《ほうれき》四年（一七五四）閏《うるう》二月七日のことである。若狭《わかさ》小浜《おばま》藩の藩医小杉玄適《こすぎげんてき》は、当時、京都所司代《きょうとしょしだい》を務めていた藩主、酒井讃岐守忠用《さかいさぬきのかみただもち》の許しを得て、その腑分けを観臓《かんぞう》（見学）する機会を得ることができた。

玄適の師、山脇東洋《やまわきとうよう》はこの時の玄適の話をもとに『蔵志《ぞうし》』という観察記録を出版した。『蔵志』は、それまでの五臓六腑説と陰陽五行説を結びつけた漢方医学が、実際と大きく違っていることを多くの医者に知らしめた。

玄適の同僚で、同じく小浜藩の杉田玄白《すぎたげんぱく》は機会があれば自分も腑分けを観臓したいと望んでいた。しかし、江戸にいた玄白にその機会はなかなか訪れては来なかった。

ようやく機会が巡って来たのは、京都の腑分けから十七年後の明和《めいわ》八年（一七七一）のことである。所は千住小塚っ原《せんじゅこづかっぱら》の仕置場で、仕置された刑死体を使っての腑分けであった。

この時の腑分けの執刀者は医者ではなく、死人の取り片付けをしていた九十歳の老人であったという。

観臓する玄白の懐《ふところ》にあったのは蘭書『ターヘル・アナトミア』であった。オランダの人体記録書というべきものである。しかし、この時、玄白はオランダ語をひとつも理解できなかった。そこに出ていた内臓の図だけが玄白の手引きとなっていた。

玄白の目の前で腑分けした老人が「これが肝《きも》」「これが腎」「これが胃の腑」と摑《つか》み出して説明する度に、玄白は『ターヘル・アナトミア』の図と引き比べていた。それは一つの間違いもなく死人の内臓と一致した。

これ以後、玄白は桂川甫周《かつらがわほしゅう》、石川玄常《いしかわげんじょう》、嶺春泰《みねしゅんたい》、烏山松円《うやましょうえん》等とともに『ターヘル・アナトミア』の翻訳に着手したのである。

この翻訳本『解体新書』が刊行されたのは三年後の安永三年（一七七四）の八月のことである。

この年、まさしく『解体新書』が刊行された同年同月。江戸は八丁堀《はっちょうぼり》の医者宅に一人の男子が出生した。それを因縁と言うのなら、そうかも知れないと人は応えるだろう。生まれた赤ん坊が美馬正哲《みましょうてつ》だった。

正哲は八丁堀の町医者、美馬洞哲《どうてつ》の三男であった。長男の玄哲《げんてつ》、次男の良哲《りょうてつ》も長じて医者の道に進んだ。玄哲は姫路藩酒井家の藩医として、良哲は蝦夷《えぞ》松前藩松前家のお出入りの医者として、藩主の覚えもめでたく務めに従事していた。

しかし、三男の正哲だけは少し勝手が違っていた。医者かと問われたら医者としか答えようがないのだが、彼は患者の脈をとったり、投薬することはなかった。父の洞哲が六十を過ぎて、なお矍鑠《かくしゃく》として患者の面倒を見ているのをいいことに、彼はもっぱら八丁堀の役人と組んで死人の検屍ばかりを行っていた。

実入りのよい商売とは言えなかった。所帯を持つ前は父親から小遣いをせびっていたし、所帯を持ってからは、産婆をしている妻のお杏《きょう》の稼ぎを当てにしているところがあった。

人は彼をいつの頃からか、おろく医者と呼んでいた。

二

ぼんやりと花曇りの日であった。生温《なまぬる》い風を顔に感じながら、正哲は庭に出て、井戸の釣《つる》瓶《べ》を落とした。お杏は商売柄、洗い物の水を多く使う。共同の井戸では間に合わないので井戸付きの住まいを捜したのである。といっても正哲がそうした訳ではない。お杏の祖母が生前に見つけた住まいである。早い話、正哲がお杏の所に転がり込んだのだ。

井戸の近くには物干し台があり、竹竿《たけざお》が三本、段違いに掛かっていた。物干し台は正哲が拵《こしら》えたものである。

狭い庭には、めぼしい樹木とてなく、手入れをしなくても勝手に咲くれんげや小菊が、季節になれば勝手に咲いていた。

洗い桶《おけ》に水を張ると、正哲は口を漱《すす》ぎ、顔を洗い、ついでにすっかり剃り上げている頭もつるりと洗った。

がっしりした体格である。背丈は六尺を優に超える。胡座《あぐら》をかいた鼻とぶ厚い唇の割に眼は優し気で、笑うとえくぼができた。

容貌魁偉《かいい》な正哲の印象を、その眼と、えくぼが和《やわ》らげている。お杏は正哲のえくぼを好きだと言ったことがあった。

黄八丈の着物の上に羊羹《ようかん》色に褪《さ》めた黒紋付を羽織った恰好《かっこう》は、見ようによっては八丁堀の役人とも思えるが、彼は腰に大小を差してもいなければ、朱房の十手も持ってはいない。剃り上げた頭から按摩《あんま》かと考える者もいたが、眼は生まれつきよく、遠目も利いた。やはり医者と当たりをつけるしかないのである。

正哲は顔を洗うと飯の仕度を始めた。女房のお杏はまだ蒲団《ふとん》の中で眠っていた。昨夜、遅くなってから産気づいた女房があり、迎えが来て出かけ、戻って来たのは明け方だった。

「女の子。初産だったから結構、刻《とき》を喰ってしまったわ」

お杏は夢うつつの正哲にそんなことを言うと、茶を淹《い》れるのも面倒と見え、流しに行って水瓶《みずがめ》の蓋《ふた》を取り、柄杓《ひしゃく》の水をごくごくと喉を鳴らして飲むと、蒲団に入り、すぐに眠りに落ちた。

「あい、ご苦労さん」

正哲もそう応えて、また鼾《いびき》を掻き出していた。枕を並べて眠る夜が少ないので、この夫婦、所帯を持って五年も経つのに、まだ子宝に恵まれていなかった。

お杏の拵える飯はいつも水気が多く、べったりとしていた。炊き立ての内はそれでも何とか口に入るが、冷や飯になるとどうにもならなかった。何度注意しても一向に改まらなかった。産婆の技《わざ》は仕込まれたが、飯の仕度の方はおざなりにされたらしい。

毎度文句を言うのも大儀な正哲は、さっさと自分で拵えることにしている。米は昨夜の内に研《と》いで、水加減してあった。竈《かまど》に火を入れると鍋に水を張り、鰯《いわし》だしを五、六本放り込んだ。大根を千六本に刻み、それも鍋の中に入れた。正哲の実家から貰って来た沢庵《たくあん》を糠《ぬか》を落として刻んだ。正哲の母親は漬物の名人だった。初夏になるまでうまい沢庵が喰えた。頃合よく、外から納豆売りの声が聞こえる。正哲は丼を持って外に出た。納豆売りから葱《ねぎ》と芥子《からし》を多目に入れて貰った納豆を買うと、朝飯のおかずは決まった。

飯が炊けると代わりに鍋をのせた。蒸らした飯をおひつに移すと、蓋の間に布巾《ふきん》を挟《はさ》んだ。手際のよさは並の女房に劣らなかった。

でき上がった朝飯を一人で喰っていると、土間口から声が聞こえた。

「お早うございます。先生、いらっしゃいますか？」

土地の岡っ引き、風松《かぜまつ》である。正哲は彼を「ふう」と呼んでいた。風松の渾名《あだな》だった。

子供の頃から風松はそう呼ばれている。

「おう、開《あ》いてるぜ」

正哲は二杯目の飯をよそいながら応えた。

「お邪魔します」

風松は遠慮がちに入って来て、上がり框《がまち》に斜めに腰を下ろした。まだ若い。二十歳を一つ、二つ過ぎたばかりである。三十六の正哲には気の置けない弟分のようなものだった。岡っ引きだった父親から縄張《なわばり》を譲られて間もなかった。童顔のせいでなおさら子供っぽく見える。

「事件かい?」

正哲はさり気なく訊《き》いた。

「へい、大川端に娘の土左衛門が上がりやした」

「…………」

正哲は飯にいきなり汁を掛けた。水死体の検屍は正哲の最も気をそそられる仕事だった。

急がなければならないと思った。

「深町《ふかまち》の旦那はまっすぐに現場に向かうそうです。あっしは先生をお連れするように言われてめえりやした」

深町の旦那とは北町奉行所の定廻《じょうまわ》り同心、深町又右衛門《またえもん》のことだった。風松はそう言いながら首をぎくッと捩《ねじ》った。緊張した時に出る風松の癖だった。

「身投げか？」

「そうらしいです。首縊りして、そのまま川に落ちて大川端まで流れて来たようです」

「首縊りして？」

茶碗を掻き込む手が一瞬、止まった。ぐいと強い眼で風松を睨《にら》んだ。風松はまたぎくッとやりながら「へい」と応えた。

「橋桁《はしげた》にでも縄を掛けて首縊りしたってことか？」

「どうもそうらしいです」

「首縊りの場所が橋桁というのは解《げ》せねェなあ」

「深町の旦那は別に妙にも思っていませんでしたが。だけど、念のため先生に」

「わかった」

正哲は残りの飯を掻き込むと茶碗を流しに下げ、茶を飲む手間も惜しんで柄杓の水を喉に流し込んだ。

茶の間の隅に置いてある衣桁《いこう》から羽織をずるりと引き落とした時、「あんた、お出かけ？」と奥の部屋から細い声が聞こえた。

「おう、ちょい、行ってつくらァ。お前ェはまだ寝てろ。飯はできているからな」

「ありがと。気をつけてね」

「おう」

そのやり取りを風松は不思議そうに眺《なが》めていた。いつものことだった。亭主が出かけるというのに起きても来ない女房が、風松には考えられないのだ。

「お杏ちゃん、昨夜はお産がありやしたんで？」

風松は外に出てから正哲に訊いた。お杏と風松は幼なじみなので、正哲と一緒になったお杏のことをお内儀《かみ》さんとはなかなか呼べなかった。

「初産で手間取ったらしくてな、夜中に迎えが来て、戻って来た時は夜が明けていたわ」

「それで先生は自分で飯を拵えて食べていたという訳ですね？」

「なに、飯の仕度はいつもおれの役目よ」

「へえ……」

「いいじゃねェか、人んちのことはよ。どれ、深町の旦那がいらいらしねェように、ちょいと急ぐぜ」

正哲は着物の裾《すそ》を尻からげすると小走りになっていた。

三

大川端の現場には人垣ができていた。

「退《の》いた、退いた」

風松は声を荒らげて人垣を掻き分けると、正哲を前に促した。深町又右衛門と伴の中間《ちゅうげん》の前に人の身体の形に盛り上がった莚《むしろ》が被せてあった。

「ご苦労さんです」

深町は慇懃《いんぎん》に正哲に言った。

「首縊りだそうで」

正哲が言うと、深町は「ふむ」と、肯定とも否定とも取れない曖昧な顔で応えた。ひどく痩せた男である。薄い唇に時々皮肉に見える笑みを浮かべた。定廻り同心としては若手の部類に入る。正哲より一つ下の三十五歳であった。

「まあ、見てくれ」

深町は莚を顎でしゃくった。正哲は屈《かが》んで莚をめくった。年の頃、十六、七の娘の、ふっくらとした頬が現れた。水に浸かった割にはそう膨れてもいなかった。顎の下から耳の後ろにかけて、紐《ひも》か縄の痕《あと》があった。首縊り特有のものである。絞め殺されたのなら、痕は首の周りに水平についていなければならない。まずは首縊りと考えるのが妥当な判断であった。

死人は水を飲んだ様子はなかった。川に嵌《は》まる前に絶命した模様である。

「どういう訳か、春は身投げや首縊りが多いものだ」

陽気のせいで深町は額に汗を浮かべていた。

朝方には曇っていた空も昼近くになると眩《まぶ》しい陽射しが降り注いで、早くも夏を思わせる暑さになった。大川の照り返しのせいもあったろう。深町は懐から扇子《せんす》を取り出して顔に風を送りながら「どうだ？」と正哲に首尾を訊《たず》ねた。深町は娘の死因を自害と考えているようだった。正哲は娘の瞼《まぶた》をめくった。結膜下に溢血点《いっけつ》が多数現れていた。首を絞められた苦しさからできるものである。莚をさらにめくると、娘の下腹部がぷっくりと膨れていた。どうやら娘は身ごもっていた様子であった。

「どこだろうな？」

正哲は一応の検屍を済ませてから独り言のように呟いた。

「何んだ？」

深町は正哲に怪訝《けげん》な眼を向けた。と言っても、大男の正哲を見上げる恰好ではあったが。

「首縊りした場所のことですよ」

「橋桁にでも縄を掛けたのだろう。両国か永代《えいたい》かのう」

「馬鹿言っちゃいけやせんよ、旦那。人の目もあるというのに。誰かが止めに入るはずですぜ。それにどっちの橋にせよ、橋桁に縄を掛けるのも容易じゃねェ。それなら手っ取り早く川に飛び込むんじゃねェですかい？」

「それもそうだのう」

「それからですね……」

正哲は深町の耳許《みみもと》に小声で娘が妊娠していることを告げた。深町の表情が少し動いた。

「まずは娘の身許を洗うことが先でしょう。恰好からどうも、どこかの女中のようにも思えますがね」

「行方知れずになっている者を当たれば、仏の身許はおっつけ知れるだろう。……すると、おぬしはこの仏の様子から自害ではないと言いたいのか？」

「まだ、そうと決めるには早いと思います」

「だが、首に残っている痕は首縊りしたことに間違いなかろう？」

「それはそうですが、見つかった場所が樹の下か家の中ってェんでしたら、これは自害の線は堅いんでしょうが、川に嵌まっていたというのがわたしにはどうにも解せませんで」

「…………」

深町は正哲の言葉に扇子をぱたぱたやりながら思案する顔になっていた。自分の判断に自信がない訳ではないが、検屍の玄人《くろうと》の正哲にそこまで言われては意見を押し通すこともできない。

「何んなら仏の肺腑《はいふ》を覗《のぞ》いて見ますかい？　恐らく川の水は入っていないと思いやすよ」

正哲は懐の刺子《さしこ》の包みをぐいっと摑んで言った。そこには腑分けをするための刃物が何種類か用意されていた。刺子はお杏が縫ったものだった。

「いやいや、そこまでする必要はないだろう」

深町は慌てて言った。死人を切り刻むのは、お上《かみ》の許可が要《い》った。面倒な手間はできるだけ避けたいという様子が深町に見えた。

「娘の身許が知れたら、またおぬしに意見を伺うとしよう。いや、ご苦労であった」

娘の仏は取りあえず、近くの自身番に運ばせた。

八丁堀に帰る道々、正哲は無口になっていた。娘の死因をあれこれと考えていたからだ。他殺とすれば、下手人は腹の子の父親に当たる男だろう。子ができたことを責められ、邪魔になって殺したのだ。首縊りに見せ掛けるようにしたのは殺しの手口を心得ている者の仕業である。しかし、娘の様子から、そのような男と関わりがあるとも思えない。

「先生、あの仏が首縊りした場所はどこなんでしょうねえ」

風松が訊いた。

「大川で見つけられたんだから、まずは大川か、近くの堀だろうな」

「大川は上げ潮になると川の水が逆流するんで川下から流れて来たということも考えられますね」

風松は頭のいいところを見せた。

「たまにはいいことも言うじゃねェか」

正哲に褒《ほ》められて、風松は得意そうに鼻の下を人差指で擦った。

「親父から聞いた話なんですが、昔、柳橋の舟宿の亭主が女房を殺した事件がありやした。

亭主に女ができたんですよ。それで女房が邪魔になり、女の入れ知恵で亭主は川崎大師に行こうと女房を誘って舟に乗せたんでさあ。なに、舟の用意は舟宿だったら訳もねェ。それで品川の海で女房をドボンと突き落としたんですよ。さあこれで邪魔な女房はいなくなった。深間になった女を女房に据えて、めでたしめでたしというところだったんでしょうが……」

「どうした、その先は？」

正哲は風松の話を急かした。

「そうですね、十日も経ったら、何んと海に嵌まった女房の土左衛門が、よりによって舟宿の舟着場に流れ着いたんですよ」

「亭主がやっていた舟宿か？」

「へいそうです。びっくりした亭主はまた女房を舟に乗せて、今度はもっと遠くの海に捨てたそうです。ですが、やっぱり女房の土左衛門は戻って来た。亭主は恐ろしさのあまり、手前ェから女房を殺しましたと名乗り出て来たんでさあ」

「悪いことはできねェものだの」

「親父もあっしも不思議でしようがなかったんですが、なに、上げ潮のことを考えたら訳もねェことで」

「仏が教えたってこともあるぜ」

「へ？」

風松はびっくりして正哲の顔を見た。神も仏も信じないような正哲がそんなことを言ったからだ。

「死んだ女房が手前ェは品川の海に突き落とされましたと教えたのよ」

「………」

「なあ、ふう。死人はただ死に顔を晒《さら》しているだけじゃねェんだぜ。ちゃんとな、手前ェはこんなふうに死にましたと言っているのよ。おれにはそんな声が聞こえる気がするな。さっきの娘の仏も首を絞められて、川に突き落とされて死にましたと言っていたぜ」

「すると先生は、さっきの仏が殺されたと思ってる訳で？」

「当たり前ェだ。首縊りした仏がご丁寧に川に身投げするかい」

「で、でも、橋桁にでも縄を掛けて……」

風松はぎくッとやりながら慌てて言った。

「あの娘は腹ぼてだった。ただでさえ身体がしんどいのに、わざわざ軽業師みてェに橋の下にもぐり込んで縄を掛けるか？」

「そ、そうですね。でも、首縊りした死人を誰かが川に捨てたということも考えられるんじゃねェですかい？」

「まあな、それも考えられるが。そいじゃ、その誰かが娘を川に捨てる理由は何よ？　結局は首縊りした娘のことが世間に知れたら都合の悪い奴の仕業じゃねェか。どの道、下手人《げしゅにん》は娘の腹の子の父親よ」

「さすが先生だ」

風松は感心した顔になった。正哲は他殺と断定したが、娘の首に残っていた痕にはこだわっていた。わざわざ首縊りに見せ掛けていることだ。どうせ殺してしまうつもりなら、何もそんな手の込んだことをする必要はないと思ったからだ。考えても埒《らち》は明かなかった。正哲は日本橋の手前で風松と別れた。風松は娘の身許を当たるため、商家を廻るつもりだった。

正哲は日本橋を渡り、青物町を抜けて海賊橋を渡った。九鬼式部少輔《くきしきぶのしょう》の広大な屋敷前を通り、北島町を東に折れた。正哲の住まいは地蔵橋近くにある仕舞屋《しもたや》である。

地蔵橋のたもとには赤いべろ掛けをしている石の地蔵が建っていた。近所の子供でも供えたのだろう、名も知らない赤い花が萎《しな》びて置いてあった。何んとなく、ただ何んとなくではあったが、正哲はその地蔵に手を合わせた。「南無三《なむさん》……」

娘の成仏を祈る気持ちと、下手人が一刻も早く挙がってほしいという気持ちがあった。石の地蔵はふわりと笑みを浮かべたようにも……気のせいだろう。

四

家に戻るとお杏は起きて遅い朝飯を食べていた。

「お帰りなさい。早かったわね」

「ああ、娘の土左衛門が上がったのよ」

正哲はそう言って羽織を脱ぎ落とし、お杏の前に胡座をかいた。お杏は口をもぐもぐさせながら羽織を引き寄せ、衣桁に掛けた。開け放してある障子の外の物干し竿には、洗った晒《さらし》木綿《もめん》と、正哲の下帯が翻っていた。お杏は洗濯を先に済ませたらしい。

「娘はこれだったんだぜ」

正哲は自分の腹の前で小さく弧を描く仕種《しぐさ》をした。刺子の包みが邪魔だった。畳に放り出すと、お杏はそれを薬箪笥《だんす》の上に置いた。小まめに亭主の世話を焼く癖が身についている。薬箪笥は正哲の父親から譲られた物である。中には洞哲が調合した薬が何種類か入っていた。

「可哀想に。それじゃ、子供もいけなくなっちまったのね」

子供のことを先に考えるのはさすがに産婆であった。

「いらない子供だったら、あたしに言えばよかったのよ。子供がほしくてたまらない人は、このお江戸には幾らでもいるのに」

お杏はぷりぷりして言う。

「いらねェ子供だったかどうかは、まだわからねェよ」

お杏は茶を淹れながら正哲に怪訝な眼を向けた。

「お腹が大きくなって、困って身投げしたんじゃないの？」

「ちょいと違うな」

「それじゃ、殺された？」

差し出された湯呑を持ち、ぐびっと一口啜《すす》って正哲は肯《うなず》いた。

「腹に子ができたことで男を責めたんだろうな」

「婆《ばあ》ちゃんが生きていたら、悪いのは全部、女の方だって言ったわ」

「そうかな？」

「婆ちゃんの理屈はそうよ。男は皆、女とやることばかり考えているんだから、油断するなって」

「へ」

「そうとばかりは言えないのに。でも、中には馬鹿な子もいるから……」

「お前ェは婆さんの教えを守ってしっかりしていたじゃねェか」

「婆ちゃんが生きていた時は男の人と口を利いても叱られたわ。ふうちゃんなんて、小母さんの用事で家に来ても、帰れ、帰れと追い払われたのよ。ふうちゃんとは手習い所に一緒に通っていたけれど、大変だなあ、お杏ちゃんって同情してくれたわ」

手習いの師匠はお儒者上がりの男だった。

風松の名前を「ふうしょう」と音読みで呼び、それから風松は子供達からふうしょう、ふうしょうと囃《はや》された。ふうしょうはいつの間にか縮まって「ふう」という頼りないような渾名に落ち着いたとお杏は言った。もっとも、二十歳そこその岡っ引きでは頼りないことも多かったのだが。

子供の頃の風松のことは憶えているが、どうもお杏のことは記憶になかった。正哲は若い頃に長崎に遊学していて、江戸を留守にしていたせいだろう。江戸に戻って来てからお杏の細っこい身体を時々、目にするようになったと思う。祖母の後ろから荷物を担ぎながらとぼとぼついて行くお杏に、正哲は何となく哀れなものを感じていた。しかし、それは男が女に寄せる感情ではなく、幼い者に向ける親近感に過ぎなかった。

しっかり者の祖母も寄る年波には勝てず、お杏が十六歳になった時にぽっくり死んだ。お杏の母親という女が葬儀に訪れたが、母親はすでに他所に嫁ぎ、そこで子供も生まれているようでお杏を引き取るようなことは言わなかった。父親は行方が知れなかった。

お杏は母親に、自分は産婆の腕があるから誰の世話にならずとも生きて行けると気丈に言ったそうだ。正哲の母親はそれを聞いて貰い泣きしたという。

お杏の祖母の最期を世話した医者が正哲の父の洞哲だった。洞哲は医者であるよりも近隣の一人としてお杏のその後を大いに心配していた。

祖母が死んでしまうとお杏の手に余ることも多く、洞哲に時々、意見を求めて来るようになった。娘のいない洞哲はお杏を可愛がった。

「どうだろう、お杏ちゃん。うちの正哲と一緒になる気はないだろうか？」

洞哲は冗談に紛らしてそんなことを言ったらしい。お杏は最初は驚いたようだ。正哲だって驚いた。考えたこともなかった。第一、お杏はまだ子供だった。正哲よりひと回りも年下である。

正哲はすでに検屍の医者として毎日のように死人と格闘していた。それは洞哲を通して町奉行所から頼まれてのことだった。医者の修業の一つだと思い、その役をありがたく引き受けたのだ。

「おろく医者の正哲さんと……」

お杏は情けない顔で呟いたという。おろく——「南無阿弥陀仏」の六字から市井の人々は死人の意に遣《つか》っていた。洞哲はお杏を一人で家に置いてはおけないと言った。

祖母が死んでから、留守の間にこそ泥が入り、炭俵を盗まれるということもあったからだ。自分は用心棒かと正哲は不貞腐《ふてくさ》れた。どうせ女房にするのなら、色気のあるもっと大人の女と一緒になりたかった。

「お前のような半鐘泥棒《はんしょうどろぼう》、お杏ちゃんを逃したらまともな嫁なぞ来ないよ」

洞哲はそんなことまで言った。確かに、図体のでかい正哲を恐ろしがって、今まで縁談も断られ放しだった。息子に向かって半鐘泥棒もないものだと思った。

「だけど親父、おれとお杏ちゃん、あっちの方、うまく行くかなあ」

正哲は医者らしくもない不安を口にした。

「なに、相撲取りだって女房はいるんだ。心配するな。無理に掻き回さなきゃ大丈夫だ」

掻き回すとはまた、ひどい物言いだった。

それでお杏と正哲の祝言が纏《まと》まったのだ。

所帯を持ってから情が湧いた——正哲はそんな気がする。お杏は最初の内はろくに口も利けなかった。飯の仕度もまともにできなかった。ただ、手先は器用で縫い物はまめにした。

最初に正哲に縫ってくれたのは、例の腑分けの道具を入れる物だった。鍛冶《かじ》屋に特別注文で造らせた鋭利な刃物を、正哲は無造作に束ねて手拭いで包んでいたからだ。藍染の小ぎれを合わせ、刃物の部分を、袋にした中に一つずつ納めるようにしたものである。持ち歩く時はくるくると丸めて外側に付けた紐で縛るのである。今でも重宝している。

お杏は産婆の仕事をやめなかった。はからずも、お杏は人の生を、正哲は人の死を扱う。

この夫婦の中庸が保たれている理由でもあっただろうか。

正哲は朝飯を慌てて食べたので小腹が空いて来た。膳に残された沢庵をおかずに茶漬けを啜り込んだ。腹が落ち着くと眠気が差して来た。いや、それよりも、久しぶりに暇ができた様子のお杏に「なあ……」と擦《す》り寄った。

お杏は庭に視線を走らせた。まだ陽《ひ》は高いと言いたいのだろう。構うことはなかった。機会を逃せば、次はいつ巡って来るか知れたものではない。正哲はそろそろとお杏を寝間に引き摺《ず》り込む様子を見せた。

「ちょっと、嫌やよ」

お杏を抱え上げると、お杏は正哲のつるりとした頭をぺたぺた叩いて抗《あらが》った。そうされるとなぜか余計に正哲はそそられた。

洞哲は白髪混じりだが、きれいな総髪にしている。二人の兄もそうだった。正哲だけは二十代の後半に禿げ始めた。短い丁髷《ちょんまげ》をちょこんと頭にのっけている内はよかった。やがてそれもできなくなった。顔も知らない祖父が見事な禿頭だったらしい。正哲だけがその血を引き継いだようだ。祖父も大男だった。

つけ毛をする気もなかったから、思い切って頭の毛は剃ってしまった。するともう、耳の横に時々、ぽやぽやするぐらいで髪の毛の方が生えるのを忘れてしまったようだ。医者は頭を剃り上げている者が多いので、さして苦にもならなかったが。

お杏は正哲に口を吸われると観念しておとなしくなった。身八つ口から手を入れてお杏の小さな胸を揉みしだく。お杏は喉からくぐもった声を洩らした。首尾は上々と、庭の障子を閉めた時、外から慌ただしい声が聞こえた。

「お杏さん、お杏さん、ちょいと来て下せェ。嬶《かか》ァが産気づきやした」

近所の青物売りの男の声だった。ついで覆い被せるように風松の声も聞こえた。

「先生、先生、仏の身許が割れやした。石屋の女中ですよ。先生、何してるんですか」

お杏と正哲は苦笑いをするしかなかった。

お杏はうなじの髪を掻き上げながら「あい、あい、今行きますよ。慌てることはありませんよ」と途端に産婆の声になって応えた。正哲も衣桁の羽織をずるりと引き落としていた。

五

石屋「石善《いしぜん》」は芝の中門前町《なかもんぜん》一丁目にあった。すぐ近くに増上寺《ぞうじょうじ》がある。中門前町は増上寺の表門の目と鼻の先にあった。石善は中門前町の角にあり、通りを挟んで七軒町《しちけん》とは隣り合う。

死んだ娘はお千代《ちよ》と言って、石善の子守りを兼ねる女中だった。四、五日前から姿が見えなくなって、主《あるじ》の善太郎《ぜんたろう》も女房のお杉《すぎ》も心配していたらしい。お千代は小梅村から来ている娘だった。

石善はお千代がいなくなっても自身番に届けを出していなかった。お千代が死体となって発見され、各自身番、辻番所に連絡が入ってから、もしやお千代ではなかろうかと石善の女房のお杉が問い合わせて来たのだ。お杉は三十絡みの女だったが、背中に赤ん坊を括《くく》りつけていた。亭主の善太郎との間に五人の子供がいた。お杉はすらりと姿のいい女で、とても五人の子持ちには見えなかった。

善太郎は正哲と同じような大男だったが片腕がなかった。石工《いしく》の修業中に倒れて来た石で腕を潰《つぶ》されたのだ。こちらは四十を一つ、二つ過ぎた男だった。

お千代は晩飯の後片付けをした後でふらりと出かけたまま帰って来なかったという。

七軒町の自身番で深町が石善の夫婦に事情を訊ねている間、正哲は風松と二人で石善の店の様子を眺めた。

店先に墓石やら石灯籠やら、細工をしていない岩石やらが無造作に置いてあった。

「石屋は商売物を外に出して置いても誰も持って行かないところがいいですよね」

風松は傍《そば》にあった石地蔵の頭をつるりと撫でながら言った。

「そうだなあ、運び出すのも容易じゃねェからな」

正哲は風松の撫でた地蔵に眼を向けて言った。地蔵橋の地蔵と同じような大きさだった。よく見ると顔の表情も似ていた。ただし、石善の地蔵は真新しく、表面が蒼味を帯びている。地蔵橋の方は雨しずくに叩かれて、いい加減、茶色っぽくなっていた。

「ここのお内儀は、もと水茶屋勤めをしていたそうですぜ」

風松は訳知り顔で言った。

「ふん、どうりで。どことなく、素人離れした女だと思ったはずだ」

「悋気《りんき》が激しくて、近所の女房がちょいと亭主にお愛想を言っても睨みつけるそうです」

「餓鬼が五人もいる男に誰が乙な気分になるものか。女房妬《や》くほど亭主持てもせず、ってな、昔からよく言ったものだ」

「それもそうですね。だけどあの亭主は無口で、結構、苦味走ったいい男でしたよ」

「お千代はどんな娘だったんだ？」

「気の強い娘で、ここの女房とはあまりうまく行ってないようでした。始終、喧嘩していたようです」

「女中なのにお内儀の言うことを利かないのか？」

「お千代は亭主の遠縁に当たる娘だったそうです」

「そうか……」

近所の噂話や死んだお千代の性格からピンと来るものは出て来ない。正哲は死人の様子からしか自分は事件の判断ができない人間だと思った。石善の近くは寺が多かった。増上寺を始め、天徳寺、金地院《こんちいん》、瑠璃光寺《るりこうじ》と大きな寺が固まって建っていた。この辺りは寺町とも言えるだろう。石善の店がそこにあるのも納得できるような気がした。

石の地蔵の顔は見れば見るほど地蔵橋のものと似ていた。

「南無三……」

正哲は風松に聞こえないほど小さく呟いて石善を離れた。そのまま通りを南に下って行くと将監橋が架かる堀に出た。西に眼を向けると、堀に沿って寺が幾つも並んでいる。しかし、堀を挟んだ寺の反対側は空き地になっていた。

「この堀は海に続いているんだな」

正哲は東を振り返って言った。

「さいです。もうちょい先は品川になりやす」

風松はそう応えて、自分の言葉に突然驚いたようにぎくッとやった。柳橋の舟宿の事件のことを思い出したのだろう。

「先生、こ、ここでお千代が突き落とされたとしたら、大川端に流れ着きますかね？」

「土左衛門が柳橋まで流れて来たこともあるんだったら、大川端に着いてもおかしくねェだろう」

「………」

風松は袖から腕を抜いて、懐からそれを出し、薄い顎鬚《あごひげ》を撫でた。

「先生、下手人は誰だと思いやす？」

「そりゃ、お千代の男だろう」

「そんなことわかってますよ。だから、それが誰かってことですよ」

「お千代が外で逢っていた男の心当たりはねェのかい？」

「ここらは娘が遊びにでかけるような気の利いた所もねェですし、お千代が男と一緒にいる所を見た者はいねェんですよ。買物に出かける魚屋や青物屋の亭主は年寄りばかりで、なんぼお千代が物好きでもちょいとそれは……」

「寺の坊主はどうだろうな」

「坊さんは女に手ェ出しちゃならねェんでしょう？　それもちょいと……」

「寺の坊主が下手人だとしたら、町奉行の采配の外になる。深町の旦那もさっさと手を引くだろう。すると……臭いのはあの、石屋の亭主だな」

正哲はずばりと言った。風松はぎくッとやって正哲の顔をまじまじと見た。

「あっしも、ふとそんなふうに思いやした」

「餓鬼を五人も拵えるくらいだから、女房一人で間に合わないということもある。女房が悋気持ちなら岡場所に遊びに行くということも儘《まま》ならぬ。それで身近にいたお千代に手を出して、悪いことにお千代は孕《はら》む……考えられねェ訳でもねェ」

「先生、自身番に戻りやしょう。七軒町の権次《ごんじ》さんは土地では鳴らした岡っ引きだ。何か手掛かりを摑んでいるかも知れやせん」

「そうだな」

正哲は素直に肯いて踵を返していた。

六

「ですからね、親分さん。あたし達はちっとも知らなかったんですよ。お千代が何をしていたのか、何を考えていたのか。まさか子ができていたなんて寝耳に水の話でござんすよ」

お杉の背中で赤ん坊がぐずっていた。お杉は時々、あやすように揺すり上げながら薄い唇でぺらぺら喋っていた。傍で善太郎が黙ったまま、でかい身体を縮めるようにして俯いていた。喋りはすべて女房に任せるという様子だった。

「やい、石善、お千代を孕ませたのは手前ェじゃねェのか？」

権次は善太郎を睨みつけてそう言った。唐桟《とうざん》の着物に対《つい》の羽織。着物の裾をはしょって尻に絡げ、水色の股引きを見せた恰好は、どこから見ても岡っ引きだった。鉄製の十手をこれ見よがしに善太郎の目の前にかざし、有無を言わせぬ態度で事件の真相を探ろうとしていた。相手の出方を待つとか、かまを掛けるとか小賢しい手は遣わず、彼はいつも単刀直入に切り込んで行く。気の弱い下手人なら怖じ気をふるって白状してしまう。風松は彼を買っている様子だった。善太郎は左右に首を振った。

深町は自身番では権次にすべて調べを任せていた。正哲も言わば七軒町の部外者なので、深町の傍に座ってその様子を眺めた。

「うちの人にそんなことができる訳もありませんよ。お千代はうちの人の親戚に当たる娘なんですよ。親戚の眼だってありますからね、馬鹿な真似はするもんですか。お千代は時々、ふらりと家を抜け出すことがありましたから、ならず者にでも手込めにされたんでしょうよ。それで子ができて、誰にも打ち明けられずに首を縊《くく》って……」

お杉はそこで袖で涙を拭った。

「仮にもお前ェ達はお千代の身許を引き受けている立場だ。知らなかったじゃ、済まされねェぞ」

「あい、あい親分さん。それは重々わかっております。お千代の弔《とむら》いはうちで立派に出してやるつもりですよ」

「弔いのことよりも、お千代の腹の子の父親が誰か突き留めるのが先だ！」

権次の怒鳴り声にお杉の背中の赤ん坊がぎゃあと泣いた。善太郎は「おう、よしよし」と赤ん坊をなだめた。

「親分さんはどうでもそれがうちの人だとおっしゃりたいんですね？」

「おうよ。それしか考えられねェな」

「そいじゃ、それでも結構ですよ。申し訳ござんせん。お千代にひどいことをしちまいました。さあ、これでよろしいんでしょう？　お千代は人に知られるのを恐れて首を縊った、これでお仕舞いですよ」

お杉は半ば自棄《やけ》になって言った。

「ところが仕舞いにはならねェのよ」

それまで黙っていた深町が低い声で言った。

お杉はぎょっと深町を見た。善太郎は相変わらず俯いたきりだった。

「お千代が殺されたとしたらどうする？」

「旦那、お千代は首を縊ったと親分さんはおっしゃいましたよ。どうして殺されたことになるんですか？」

「死んだ後で川に嵌まっていたからよ。首縊りした者がご丁寧に身投げする訳もねェ」

深町は正哲が思った通りのことをお杉にぶつけた。

「首縊りしたお千代を誰かが川に放り込んだんじゃないですか？」

誰もが考えそうなことをお杉もまた、口にした。

「その誰かって誰なんでェ」

風松がぎくッとやって口を挟んだ。権次は感心したように風松を見た。

「結局はお千代が邪魔になった奴の仕業じゃねェか」と、これは正哲の受け売りだった。

「そうだ、そうだ」

鬼の首でも取ったように権次は言った。

「うちの人は片腕がないんですよ。そんな者がお千代を殺したり、川に放り投げたりできますか？」

「…………」

お杉の言葉に自身番にいた者は言葉を失った。そうだった。善太郎には片腕がない。

お千代を孕ませることはできても、その先のことは不可能なことだった。お杉は勝ち誇ったような表情を見せて「これでわかっていただけましたか？　疑いは晴れましたね？」と言った。誰も応えない。お杉は「おおきにお邪魔様！」と自棄のように言って善太郎を引き立てた。

耳が痛くなるほど自身番の戸を閉《た》てて外に出て行った。

「もう少しだったのになあ」

権次はいかにも残念という表情で言った。

「詰めが甘かったな」

深町は唇を歪めて薄い笑いを洩らした。

「しかし、善太郎の疑いは晴れた訳でもねェ。お千代の男が善太郎と考えるのが自然なんだ。先生、この先、どうしたらよかろうの」

深町は正哲を振り返って訊いた。

「さて、それは……」

正哲もその先のことには考えが及ばなかった。

「お千代は南にある堀から放り投げられて海に出て、それで上げ潮に乗って大川端まで辿り着いたんだとあっしは考えました。首縊りした場所も人目につかねェ堀の近くの空き地でしょう。ところがその空き地には首縊りするような手頃な樹は一本も生えていないと来てる。いい、ぺんぺん草が生えているだけでさァ。問題は……」

と、そこまで言って風松はぎくッとやった。

若い風松は岡っ引きの中でも最年少になるだろう。若僧が、若いくせに何がわかる、今でもさんざん小者連中に言われていた。自分を認めさせたいという思いを風松はいつも持っていた。生意気を承知で、こんな時は滔々《とうとう》と語るのだ。父親の音松が中風で倒れて、縄張を守るのが危うくなった。十年早いと言われながらも、深町の温情で十手・取り縄を預ることになったのだ。なに、深町にすれば、八丁堀の岡っ引きは風松一人でもないし、少しぐらい頼りにならない者がいたところでどうということもなかったのだ。

「……問題は、お千代がどうやって首縊りしたのか、いや、首縊りさせられたかってことでげしょう？」

「そうだ、ふう。いいぞ」

正哲はニヤッと笑って合いの手を入れた。

「それさえわかりゃ、事件は解決したようなもんです」

「どうやって首縊りしたのよ」

権次がもったいぶっている風松にすぐさま訊いた。風松はぐっと詰まった。

「そいつァ……」

風松は途端に肩を落とした。「わかりやせん……」

「何んだ、何んだ。能書《のうが》き垂れる前に、そいつをがちっと調べるこった。まあ、若けェお前ェにはちょいと無理難題のことだが」

権次の言葉に風松はむかっ腹を立てたようだ。正哲は「よせ」というように目線で風松を制した。

「とにかく、もう少し様子を見よう。権の字、お前ェは近所を当たって、善太郎とお千代のことを探ってくれ。案外、二人の関係に気づいている奴もいるかも知れねェからな」

深町はそう言って、正哲には「先生、ご苦労さんです」とあっさり言った。

七

「ええ、腹の立つ」

七軒町の自身番を出ると風松は吐き捨てるように言った。

「貫禄の違いだ。ふう、そう腐るな。へい、あっしは若けェので、とんと物知らずなもんで、と言っていた方が利口というものだ」

正哲はそう言って風松をいなした。

「若けェと馬鹿にされるのが癪だから、あっしはがんばっているんじゃねェですか。お杏ちゃんだってそうですぜ。子供も産んだことのない小娘に何がわかると、さんざん、悪口を言われてましたからね」

「若さが手前ェ等には邪魔か？　もったいねェ話だ。おれはいつまでも若僧と呼ばれてェがな」

「そりゃ先生は、若けェ頃から老けた面《つら》してやしたから、そんな苦労は知らねェんですよ」

「何んだ、こいつ」

正哲はさして腹も立てずに笑った。


家に戻るとお杏は珍しく茶の間に座っていた。膳が出されて、おおぶりの丼に煮しめが入っていた。傍にあじの干物と青首大根が渋紙の上に放り出されている。

「留守の間にお義母《かあ》さんが置いてってくれたみたい。晩御飯の仕度、大儀だったから助かったわ」

お杏はそんなことを言ったが、疲れたような顔をしていた。

「そいじゃ、飯を炊いて、汁は今朝の大根汁で間に合うな」

正哲はさっそく庭に七厘《しちりん》を持ち出し、炭をおこし始めた。

「御飯は炊いたわ」

お杏は相変わらず、ぺたりと蛙のように座ったまま言った。またべったり飯かと正哲は思ったが文句は言わなかった。

「何んだろうね。この頃、力が入らないのよ。寝て起きて、御飯食べて、厠《かわや》で糞《ばば》ひって、赤ん坊を取り上げて……このまま、くたばっちまうのかと思うと何んだか……」

お杏は独り言のように呟いた。

「何んかあったのか？」

「ううん。生きて行くのが面倒だなって、ふっと思っただけよ」

正哲は炭をおこし、煙が滲《し》みたような眼をしてお杏を見た。青白い顔は確かに普通ではなかった。疲れているのだと思った。お杏はこの二、三日、ろくに眠っていなかった。

「平賀源内《ひらがげんない》先生もお前ェと同じことを言っていたぜ」

正哲は渋団扇《しぶうちわ》で七厘を煽《あお》ぎながら言った。

「エレキテルの源内？」

「ああ。寝れば起き、おきれば寝、喰うて糞《はこ》して快美《きをやり》て、死ぬまで活《い》きる命、ってな」

「あんた、それ聞いてどう思った？」

「その通りだなって思ったぜ」

「あんたは世の中が嫌やになることってないのね」

お杏は皮肉な口調で言った。

「いやに今日は突っ掛かるじゃねェか」

正哲は団扇を置くと、お杏に近づき、額に触《さわ》った。

「熱なんてないわよ」

お杏はうるさそうに正哲の手を払った。正哲はお杏を真顔で見つめた。

「言ってみな。訳があるんだろ？」

そう言うとお杏はわっと身体を折り曲げて泣き出した。

「逆子《さかご》の子供が死んじまった。あたしのせいだ。あたしの腕が足りないから……」

よしよしと正哲はお杏を抱いて、その背中を撫でた。

滅多にあることではなかった。逆子で、おまけに骨盤の狭い妊婦なら仕方のないことである。すべてをお杏のせいにするのは酷というものだ。正哲はお杏の背中を撫でながら、ぼんやりと考えていた。死人の腑分けをした時、明らかに死因と思われる内臓を眼にすることがあった。酒毒で縮んだ肝ノ臓、潰瘍《かいよう》のできた胃の腑。女なら子宮の血腫。腸の腫れ物。

もしも、生きている人間の腹を裂いて、それ等を取り出すことができたら、死なずに済んだのだと思う。お産についてもそれは言える。お杏が手掛けた不幸な妊婦も下腹を裂いて赤ん坊を取り出すことができたなら、と思わずにはいられない。どうでも玉門《ぎょくもん》から赤ん坊を取り出さなければ出産にならないという理屈はないはずだ。

もしも、人間が割腹の痛みに堪えられるならば、それは可能だと思う。しかし、それはあくまでも、もしもの話でしかなかった。

「忘れるんだ、お杏」

正哲は低い声で言った。正哲の膝に顔を伏せてお杏はいやいやと首を振った。

「明日も明後日《あさって》も赤ん坊は生まれるんだ。今日死んだ赤ん坊は手を合わせて成仏してくれと祈ったら、きっとお杏を許してくれるさ」

お杏の泣き声が正哲の言葉に少し収まった。

顔を上げて「本当？」と子供のように訊ねる。「ああ」と正哲は応えた。

「ささ、飯を喰って、それから湯に行こう。帰りに菓子屋に寄って、お前ェの好きな甘いもんでも買って来るか、ん？」

お杏の泣いた顔を覗き込んで正哲は言った。

お杏は肯いてようやく少し笑顔を見せた。

薄闇の迫った空から仄白《ほのじろ》い月が二人を見下ろしていた。七厘の炭はとうにかんかんにおきている。


晩飯を食べて、湯から戻った辺りから風が出て来た。その上、雨戸を閉《た》てて戸締まりをした途端に土砂降りの雨が降って来た。

「嫌やだ。こんな日に呼ばれたらどうしよう」

お杏は不安そうに正哲に言った。

「心配な女房はいるのかい？」

蒲団に横になった正哲は茶の間で縫い物をしているお杏に訊いた。

「今のところは大丈夫だと思うけど、月足らずで生まれる子もいるから……」

表戸を透かして閃光が走った。お杏が短い悲鳴を上げる間もなく、ドカンと地面を揺らすほどの雷の音が聞こえた。お杏は縫い物を放り出して正哲にしがみついた。

「今のはでかかったな。近くにでも落ちたのかな」

正哲は呑気《のんき》に言った。

「ああ、怖かった」

「もう誰も来ねェよ。お杏、なあ……」

しがみついたのを幸いに正哲はお杏の身体を蒲団の中に引き摺り込んだ。雷はそれから二度三度と続いた。お杏はその度に正哲の広い胸の中で身体をびくつかせていた。しのつく雨の音を聞きながら正哲はお杏の薄い胸に唇を這わせていた。自分はお杏にとって雷避けのようなものだろうかと思いながら。

八

翌朝は昨夜のことが嘘のように雨は上がり、眩しい陽の光が射していた。土間口の掃除をしていたお杏は近所の女房と朝の挨拶を交わしていたようだが、しばらく戻って来なかった。空腹を覚えた正哲は起き上がって、いつものように顔を洗うと台所に行った。

お杏は昨夜の飯を土鍋に入れて粥にしたようだ。とろとろとうまそうに竈《かまど》の上で煮えていた。流しの下の瓶から梅干しを取り出して小丼に入れた。粥と梅干しは相性がいい。沢庵を刻んでいるとお杏がようやく戻って来た。

「あんた、昨日、やっぱり雷が落ちたのよ」

「へえ、どこに落ちたんだ？」

「地蔵橋のお地蔵さんに」

「そいつァ……」

どうりで、やけに大きな音だと思ったはずだ。

「お地蔵さん、首のところがぽろっと落ちてしまったのよ。あたし見て来たの」

「そいじゃ、地蔵橋の地蔵はなくなるのか。そいつは残念だな」

「でも、町年寄さんの話では、あのお地蔵さん、相当古くなっていたから建て替えることを決めていたんですって。来年のお正月を目処《めど》にしていたけれど、こうなっては急がせるしかないって」

「ふん、また奉加帳が廻って来るってことだな」

「いいじゃないの。町内のお地蔵さんなんだから。あたし、べろ掛けを縫わして貰おうかしら」

「よせよせ、忙しいのに」

「いいじゃないのよう」

お杏は昨日のことはすっかり忘れて妙にはしゃいでいた。

正哲は朝飯の後で、雷の落ちた地蔵を見に行った。地蔵の前には見物をする人が何人かいた。風松がやって来て「先生」と声を掛けた。

「おう、昨夜はひどい雷だったたな」

「中風の親父が雷の音でびくッと立ち上がったもんですから、こいつは治ったのかなと思ったら、今朝はやっぱり同じでした」

風松は笑えない冗談を言った。

「やあ、地蔵さんも気の毒なこって」

風松は首なしの地蔵を見て言った。

「これから石屋が来て、この地蔵を引き取ることになっています。芝の石屋じゃねェですけどね」

「全くあの石屋は喰えねェ男だったたな。これからどうなるんだか」

正哲は溜《た》め息《いき》混じりに言った。

しばらく風松と馬鹿話をしていると大八車を引いて石屋の男がやって来た。風松はその石屋に新しい地蔵は、いつできるのかと訊ねた。ふた月ほど待ってほしいと石屋は応えた。ふた月の間、地蔵橋は地蔵なし橋となりそうだ。

正哲と風松は見物人と一緒に首なし地蔵が運ばれる様子を眺めた。首なしと言っても顔の三分の二ほどが欠けているだけで顎の部分が盃のような形で残っている。月代《さかやき》が少し伸びている小柄な石屋は地蔵の後ろから、その顎に縄を掛け、背中合わせに地蔵を背負った。

その途端、正哲の胸がコツンと堅くなった。「ふう!」と強い声で風松の名を言った。

「何ですか?」

「あれを見ろ」

石屋の右手は縄を摑んでいたが、左手は地蔵の胴体に添えられているだけだった。

「あの背負い方なら石善でもできるな」

「へい。地蔵背負いですね」

風松はまだ正哲の言っていることが呑み込めずにいた。

「お千代はああやって殺されたんじゃねェか?」

首が残っていれば、縄は地蔵の顎から耳の後ろに掛けられたはずだ。人にたとえれば、それは首縊りの形にもなる。お千代の首に残されていた擦痕に合点が行く。大男の善太郎がお千代の後ろから紐か縄、いや、手拭いでもいい。首に掛けた物で背中に背負う。首は絞められ、お千代は絶命する。現場は恐らく、将監橋の近くの空き地だろう。善太郎は死んだお千代を背負って堀に行き、首に掛けた物を外す。

お千代はずるりと堀に落ちて行ったはずだ。

風松はぎくッとやると「先生、あっしは深町の旦那のところに行って来やす。ごめんなすって」と、通りを駆けて行った。

石屋は慌てて去って行った風松のことなど意に介したふうもなく、大八車に地蔵を乗せるとガラガラと車を引いて帰って行った。

地蔵のなくなった跡は、そこだけ乾いた地面が四角い形で白く残っていた。

九

築地鉄砲洲の大木仙庵《せんあん》宅の治療場には首のない死人が台の上にのせられていた。

白い掛け布を外すと、ひとかたまりの剛毛としなびた陰茎が眼に入った。

仕置された刑死体であった。死人の身体つきから三十五、六の中年と察せられた。

正哲は羽織を脱ぎ、着物の袖を襷掛《たすきが》けして、その前に立った。台の周りには仙庵の他に、弟子も何人かいた。

仙庵は正哲より五つほど年上であったが、長崎で一緒に勉強した仲間であった。蘭方医として江戸では聞こえた医者であった。

仙庵は弟子に内臓の実際を教えるために、その日、腑分けを試みたのだ。自分でも執刀はできるのだが、手際のよい正哲にその役目を頼んで来た。

正哲はよく研いだ小刀でみぞおちの下からすっと下に切り裂いた。むっとする死臭がその瞬間に強く立ち昇った。弟子の一人が堪まらず口を押さえた。

「敬作《けいさく》、何んだ今から。吐くなら外に出ろ」

仙庵の叱責が飛んだ。

「申し訳ありません。大丈夫です」

敬作と呼ばれた若い弟子は気丈に言って頭を下げた。

「最初は誰でも吐くわな。気にするな」

正哲は気軽な口を利いて弟子達の緊張を和らげた。弟子達は手に人体解剖図を持っていた。切り取った内臓を傍に置いた金属製の盆に一つずつのせた。仙庵はその度に内臓の名称を説明していた。正哲はただ機械的に内臓を取り出すだけだったが、弟子達の眼に何やら羨望の色があることをこそばゆく感じていた。その夜は仙庵の所に泊まって、久しぶりに酒を酌み交わすつもりだった。

半刻ほどで仕事は終わった。正哲は治療場の外の井戸で使った道具を水洗いした。井戸は母屋の物とは別に掘られている。

「美馬先生、わたしが洗います」

敬作と呼ばれた若い弟子が正哲の横に屈んで道具類に手を伸ばした。

「なに、死人専門の刃物だからな、水洗いするだけでいいのさ。後で油を引けばそれで仕舞いよ」

「消毒もよろしいんですか？」

「ああ、いらねェ。だが、おれの真似をするんじゃねェぞ。お前ェ達はきっちり煮立ち湯で刃物は消毒するんだ」

「はい」

敬作は黙って正哲の手許を見つめていたが、やがておずおずと口を開いた。

「おろく医者は長いのですか？」

「そうだなあ。もう十五、六年になるかな」

「ずっと死人ばかりを？」

「ああ。だから生きてる人間の脈をとることはすっかり忘れちまった」

「しかし、執刀は見事なものでした」

「なに、死人と思や、どうということもねェのよ」

「死人は……気持ち悪くないですか？」

敬作は医者の弟子らしくもない疑問を口にした。正哲は手を止めて、まじまじと敬作を見つめた。青白い顔をした青年だった。だが、鰓《えら》の張った顎は意志の強さを感じさせる。

「生きてる人間の方がよほど気持ち悪いぜ」

正哲がそう言うと敬作は大きく眼を見開いた。

「本当に。それはそうですね」

素直な納得の仕方に正哲は顎を上げて哄笑した。

石屋善太郎はお縄になる時、ずい分風松達を煩《わずら》わしたらしい。片腕がないと言っても、あの体格である。抵抗したら手がつけられない。善太郎の豹変ぶりは深町や岡っ引き達を慌てさせた。普段は世間の同情を買い、虫も殺さぬ様子の善太郎の本性が剝《む》き出されたのだ。自分の弱さを利用して世間を欺《あざむ》いた善太郎に正哲は一片の同情心も起こらなかった。

善太郎ばかりではない。女房のお杉は善太郎が茅場《かやば》町の大番屋に連行されるや、石善の若い石工見習いを家に入れ、今では夫婦同様の暮しをしているとか。様々な事件に遭遇して来た正哲ではあるが、そういう不可思議な人間の行動には未だに理解が及ばなかった。

「若いの、おれは死人ばかり腑分けしているが、お前ェが医者として鳴らす頃には生きてる人間を腑分けする時が来ようというものだ。その時におたおたしねェように、しっかり修業しな」

「え？　本当にそんな時が来るでしょうか？」

「ああ、来る」

正哲はきっぱりと言った。自分のその言葉に自信のようなものがあった。医術はこれから途方もなく進歩するのだと思った。今はまだ、ほんの夜明けを迎えたばかりなのだと。

夜明けどころか、すでに医術は明六つの鐘を聞いていたのかも知れない。溯ること四年前、紀伊国《きいのくに》の医者、華岡青洲《はなおかせいしゅう》は世界最初とも言うべき、麻酔剤による乳癌摘出手術を終えていたのである。その詳しい記述書を正哲が眼にしたのは、この時の腑分けのすぐ後のことだった。

おろく早見帖

一

おろく医者の正哲が紀伊国《きいのくに》に旅立ってふた月が過ぎた。

なに、二十日かそこら、遅くてもひと月ほどで江戸に戻ると、ふらりと出かけたまま一向に戻って来る様子がない。その間、手紙の一本も送って来ない。そんな気の利いたことをする男ではないと知っていても、妻のお杏は気が揉めていた。

江戸の外に出たことのないお杏は紀伊国がどれほど江戸と離れているのか、はっきりとは知らなかった。長崎まで船で四十五日掛かるのは知っている。正哲は若い頃、医者の修業のために長崎に遊学していたことがあったからだ。

紀伊国は大坂の手前であるという知識があるだけだった。江戸から百四十六里。道中だけでも片道十日や十五日は掛かると商家の番頭に教えられてお杏は気が抜けた。

世話になっている北町奉行所の定廻り同心、深町又右衛門にも正哲はすぐに戻って来るような話をしていたらしい。何んにつけても簡単に事を進めてしまうのが正哲の悪いくせだった。

正哲は紀伊国、平山《ひらやま》村に住む華岡青洲《はなおかせいしゅう》の所へ行ったのだ。青洲は全身麻酔による乳癌の摘出手術に成功した。「麻沸散《まふっさん》」と称するものが、その麻酔剤の正体だった。薬草を採集し、実験と研究を重ねた結果、ようやく発見したものらしい。

正哲の話によると、青洲は二十二歳の時に京都に出て吉益南涯《よしますなんがい》に古医方を学び、大和見立《やまとけんりゅう》から蘭方を学んだ人だという。つまり青洲は伝統の医術と西洋の医術をみごとに融合させて画期的な発見をしたことになる。

この発見に正哲は狂喜した。何が何んでも華岡先生に教えを請《こ》いたい、ただその一心で矢も盾も堪まらず紀伊国に行きたいと言った。

正哲の父親で町医者をしている洞哲は「行って来い」とすぐに路銀を出してくれた。おろく医者だからそんなことを知ってどうなるとお杏が考えるのは、女の浅知恵なのだろう。医者は探究心がなければ務まらぬものらしい。新しい医術に眼を向けることも必要なことだと正哲はお杏に言った。正哲の二人の兄も快く餞別《せんべつ》を弾んだ。

お杏が正哲の実家にそぐわないものを感じるのはこういう時だ。彼等はお上の許しが得られるならば、外国にまでも正哲をやって新しい医術を学ばせるに違いない。それほど一家は新しい医術に眼を輝かせる連中ばかりだった。後のことなど露ほども考えないのだ。

「あんた、おろくが出たらどうするのよ」

正哲がいない間の、深町や岡っ引きの風松のことがお杏は気になった。正哲はお杏にそう言われて押し入れから葛籠《つづら》を出してお杏の前に置いた。

「今までのおろくの覚え書きが入っている。手こずる事件が持ち上がった時は、こいつを開いて見れば大抵のことはわかる」

この十五、六年間、千体近くの検屍の記録書だった。その夥《おびただ》しい書き付け帖の数にお杏は呆然とした。

「駄目よ。ふうちゃんは、平かなしか読めないもの」

「お前ェが読んでやれよ」

「…………」

「おれの字はわかるだろう？」

「だって……」

「まずな、おろくが出たら自害か殺しか見極めるこった。こいつが肝心だ。それがわかりゃ、事件は半分以上解決したようなもんだ」

「自害だったらそれで終わりだから、そんなこと当たり前じゃないの」

「まあ、そう突っ張らかるな。自害に見せ掛けた殺しというのは案外に多いんだぜ。それから本人の不注意で運悪く命を落とした場合な、周りの事情で殺しに間違えられるってこともあるのよ。濡《ぬ》れ衣《ぎぬ》を着せられて仕置場に送られる奴も出てくる。こいつも困りものだ」

「そんなこと言っても、わからないわよ、あたし……」

半ば自棄《やけ》になったお杏を正哲はそっと抱き寄せた。

「寂しいのか、お杏、ん？」

正哲の細い眼がしばしばたたかれた。ようやく正哲は自分のことを思い出してくれたようだ。

「麻酔のことを知って、それでどうなると言うの？」

「親父や兄者《あにじゃ》に教える。兄者は仲間の医者に教える。知っていれば役に立つ。知らずにいればそのままだ。先はねェ」

「あんた、一文にもならないじゃないの」

正哲はチッと舌打ちした。

「銭勘定の問題じゃねェんだ。とにかく、おれは知りたい。華岡先生の教えを請いたいだけなんだ」

「あんたはあたしが明日死ぬとわかっていても、こんなことがあれば行っちまう人ね？」

「何言ってる」

「あんたはあたしより医術の方が大事なんだ」

「お杏、それならお前ェは、おれが死にそうになっているところに、赤ん坊が産まれると呼ばれたら行かねェのか？」

「………」

「行くよな？　そいつはおれより赤ん坊が大事だからじゃねェ。産婆としてのお前ェの宿命だからよ。いや、宿命じゃねェ、天命だ」

正哲にそう言われてお杏は返す言葉がなかった。その通りだった。たとえ身内の葬儀の最中であろうが、呼ばれたら喪服を脱いで赤ん坊を取り上げに走るだろう。お杏は観念して肯いた。

「縁起でもねェ。死ぬ話なんざ後回しだ。おれとお前ェは、まだまだ死なねェよ」

正哲はお杏に、ぞりぞりと頬擦りした。

「ちょっと、髭が痛い」

「おれ、お杏に惚れているからよ。心底、惚れているんだぜ」

「もう、放してったら。すぐこうなんだから」

「おれの留守中に間男しねェでくれよ」

「馬鹿馬鹿しい。海坊主みたいな亭主を持っているあたしに、誰が乙な気分になるものか」

「海坊主たア、ひでェ」

「じゃあ、蛸《たこ》入道よ」

「言ったな？　そいじゃ蛸入道は蛸壺に入るとするか……」

正哲は品の悪い冗談を言ってお杏を押し倒していた。

それですべてを納得したお杏ではなかったが、道中合羽に三度笠、振り分け荷物。お杏の拵《こしら》えた手甲、脚絆《きやはん》に草鞋《わらじば》履きの蛸入道は湯屋《ゆや》にでも行くような顔で紀伊国に旅立ったのだ。

二

正哲が留守の間、お杏は正哲の実家で晩飯を食べることが多かった。正哲の実家とお杏の所は一町と離れていない。時分になると実家の女中なり、下男なりが呼びに来る。産婆の用のない時は喜んでお杏は出かけた。行けない時はその夜のお菜が布巾《ふきん》を被せられて台所に置いてあった。お蔭で飯の仕度に煩《わずら》わされることもない。お杏は飯の仕度が得意な方ではなかった。

洞哲の話を聞きながら、お杏は 姑《しゆうとめ》のおきん、、、が拵えた晩飯を口に運んだ。もうそれも当たり前のようになっている。

「正哲、どうしたんだろうねえ。熟《う》んだ柿が潰《つぶ》れたとも言って来ないよ」

おきんはこの頃、そんなことを言う。正哲の不在がそろそろこたえているのだ。容貌魁偉な男でも、おきんにとっては可愛い末息子だった。

「華岡先生の所には北は津軽から南は薩摩《さつま》まで、その声望を慕って旅装を解く医者が多いそうだ」

洞哲は十も年下の華岡青洲に敬意を払って「先生」と呼んだ。青洲は正哲より十四年上の五十。医者として最も脂ののった年齢だという。

「お義父《とう》さん、麻沸散という薬を使えば、本当に眠ったまま外科の手術ができるのですか？」

「ふむ。そういうことらしい」

「痛みも感じずに？」

「このぼんくら頭では、そのからくりがさっぱりわからぬが、大したものだのう」

洞哲は心《しん》から感心した声で言った。茄子《なす》の実を甘辛く煮付け、細かく刻んで青紫蘇《あおじそ》を散らしたお菜はお杏の好物だった。青菜のお浸し、かますの焼いたもの、冷や奴、香の物、汁が並んでいた。季節柄、刺身は膳に上ることは少ない。腹を壊すことをおきんは警戒しているのだ。

蚊遣《かや》りを焚いた茶の間に、老夫婦と若い嫁が膳を囲んでいた。開け放した障子の外に、さほど広くない庭が見える。定期的に庭師に世話をさせ、下男もまめに草取りをするので自分の家にいるよりは蚊は少ない。それでも時折、プーンという耳障《みみざわ》りな音を立てて蚊が寄って来た。おきんはその度に、年寄りには似合わない敏捷な身のこなしで蚊をはたと叩き落とした。

「中国での、千六百年も前に華佗《かだ》という医者がおったそうだ。おお、医者などとわし等と同じように呼んでは罰が当たる。医聖と呼ぶのがふさわしい。その華佗が麻沸湯《まふっとう》という薬で患者を眠らせ、頭蓋の手術もすれば胸の手術もしたそうだ。だが、その時の記録は何一つ残っておらぬので、わしは単なる伝説というものだろうと思っていた。しかし、この度の華岡先生の快挙で、わしはそれが本当のことであったと思い知ったのだ」

「千六百年も前ですか。中国には偉いお人がいるのですね」

洞哲が難しい話をしている最中でも、おきんは少しも遠慮するふうもなく「お杏ちゃん、おみおつけのお代わりはどう？　おいしいかえ？」と口を挟んだ。どちらにも応えなければならないので、そんな時、お杏は少し困った。

「わしも足が達者ならば是非にも華岡先生の所へ行きたいと思うておるほどだ」

洞哲は怯《ひる》まず言葉を続ける。

「うちの人は麻沸散を使って手術をすることがあるのでしょうか、お義父さん」

「うむ。あるかも知れぬ」

「でも、うちの人はずっとおろくの仕事ばかりで、生きている人の脈はとったこともないのですよ」

「お杏ちゃんは正哲に町医者になってほしいのかい？」

「ええ、それは……おろく医者をするよりは」

「お杏ちゃん、心配することはないよ。この人がくたばっちまったら、跡を継ぐのは正哲だけだからさ」

おきんは洞哲の前でも平気でそんなことを言った。

男ばかり三人の息子を育て、しかも、三人とも医者の道に進ませているおきんは、並の母親より口調は勇ましい。

「あたしはうちの人が風邪の手当をしたり、膿《うみ》を出したりするだけの町医者に収まっていられるのかとも思うんですけど……」

「ん？」

お杏に向けた洞哲の眼は正哲によく似ていた。はだけた浴衣から、あばら骨の浮き出た薄い胸が見えている。

「どういうことかな？」

「目新しいことばかりに飛びつく人のようで……だから、華岡先生のことにも夢中になってしまったんじゃないかしら。あの人は知りたいだけだと言ってましたけどね、本心はあたしでもわからないんです。何を考えてそうしたいのか……」

「亭主のことがわからないのは困った嫁さんだ」

洞哲は朗らかに笑った。

「お義父さんはご自分の息子だからわかるのでしょうね。もちろん、お義母さんも」

お杏の言葉に溜め息が混じった。

「わからんよ、お杏ちゃん」

洞哲は笑顔のまま言った。

「え？」

「息子だからと言って、違う魂《たましい》だ。考えていることはそれぞれに異なるものだ。長いこと同じ飯を喰うて、同じ商売をしていれば似ているところはあるだろうがね」

「でも、お義父さんはうちの人がやりたいことを好きなようにやらせていますよ」

「駄目だと言っても聞かぬ奴だ。それなら好きにさせるしかない。好きな道を好きな通りに歩ませただけだ。わしは一度も医者になれとは言ったことがない。自分で勝手に長崎に行き、勝手に勉強して来ただけだよ」

それは出してやれる金があるからの話で、並の親にはなかなか叶《かな》わぬことである。しかし、お杏はそのことを言わなかった。

「わしなあ、お杏ちゃん。正哲がある時はとてつもない大人物と思うし、またある時は、とことんの馬鹿者ではないかと思うこともある。両極端だな。どちらにせよ、人並ではないわな」

洞哲は愉快そうに笑った。

「ご馳走さまでした」

お杏は低く言って箸を置いた。茶道具を引き寄せて、おきんと自分の湯呑に茶を淹れながら、洞哲の話はもっともだと思った。明晰と愚鈍を合わせ持つ男、それが自分の亭主なのだ。

「正哲を取り上げたのはお杏ちゃんのお婆さんだったけどね、あの頃は髪もまだ黒くて元気がありましたよ。お杏ちゃんを前にして何んだけれども、そりゃあ意地が悪くてねえ、わたいは何度も泣きそうになったものですよ」

「これこれ」

洞哲はおきんを窘《たしな》めた。

「いいんですよ、お義父さん」

「玄哲の時は初産だったから苦しいのは覚悟の上だったけれど、良哲の時は産道ができていたから割に楽でしたよ。ところが正哲の時になったら途方もなく苦しくてねえ、わたいはこれで死ぬかと思ったほどだった。何度も気を失いかけたものさ。その度にあんたのお婆さんは、わたいのお尻をピンと叩いて、そりゃあ痛くて」

「ごめんなさいね、お義母さん」

「いいんだよ。お蔭でわたいの意識は最後までしっかりしていたもの。産んだ途端に泥のように眠りこけたけどね。あんたのお婆さんは正哲の足の大きさに驚いていたよ。とんでもない大男になるだろうと言っていた。その通りだったね」

晩飯の会話は最後にはおきんに仕切られるのがいつものことだった。洞哲はまだ医術のことを、あれこれお杏に語って聞かせたい様子でもあった。産婆をしているお杏は並の女より医術には明るい。

嫁はお杏ばかりではなかったが、洞哲は一番年下の嫁のお杏を特に可愛がっていた。

なぜか、子はまだかという話題は出ない。

以前はそれとなく様子を訊ねるようなことを二人は言っていた。五年も経《た》って、子供はできない質《たち》だと諦《あきら》めたのかも知れない。そう思われているのがお杏には少し辛かった。身ごもらない自分の身体が恨めしくもあった。産婆をしていればなおさら。

おきんは医者の出ではなく、実家は下谷《したや》で料理茶屋をしていた。大抵は医者の嫁は医者の家から迎えられるものだった。

若い頃のおきんは下谷小町と呼ばれた美貌の持ち主で、言い寄る男達もずい分いたそうだ。

洞哲は往診の帰りなどに、その料理茶屋へ寄り、食事を摂《と》ることがあった。

奉公人と一緒に働いているおきんを見た時、最初は女中の一人だと思ったらしい。そこは、娘が手伝わなければ人手が足りないという店ではなかった。入り口の構えも堂々としたものだった。おきんは働くのが好きだった。茶の湯や裁縫、琴の稽古をするより店の手伝いを好んだ。ちょっとした突き出しもその頃から工夫して客に出していたのである。

洞哲は何より、その男まさりな口調にぞっこんとなったようだ。そうして丸くふっくらとした頬にできる愛らしいえくぼ。正哲はおきんのえくぼを引き継いで生まれたのだ。

洞哲は周囲の反対を押し切っておきんと所帯を持ったのである。肝っ玉の据《すわ》り具合は変わらなかった。気に入らないのなら、すぐに出て行きますから。おきんはいつも言っていた。実際、出て行ったこともあったけれど、洞哲は結局、おきんを迎えに行かなければならなかった。当時、大所帯で暮していた洞哲の家は、おきんがほとんど一人で食事の仕度をしていたからだ。

妹が嫁ぎ、弟が所帯を構え、舅《しゅうと》が逝き、姑も逝き、長男が外に家を構え、次男が他家の医者宅に養子に行くと、気がついたら美馬の家は夫婦二人だけの暮しになっていたのである。正哲は長崎から戻るとおろく医者を始め、家に居着くことが少なかった。そうこうする内に正哲はお杏と所帯を持ち、お杏の仕事の都合で地蔵橋の家の方に腰を落ち着けてしまった。近くでもあり、お杏が何かと顔を見せるので心細さはあまりなかったが。

おきんの造るお菜はどこか工夫があった。

そういうところは見習いたいと思っていても、なかなかお杏にはできなかった。下手に手出しをすると、おきんがうるさがるせいもある。女中のおすみが放ってお置きなさいまし、と言うものだから黙って食べることだけに徹していた。

洞哲は飲み足りない顔をしている。

「お父っさん、飲み過ぎると明日に障《さわ》りますから、ささ、ご飯にして」

おきんにそう言われて、洞哲は仕方なく酒を仕舞いにした。そんな洞哲がお杏は少し気の毒だった。

後片付けを手伝い、お杏は家に戻った。

湯屋に行って来ても、床に就くまでには時間はあり余るほどあった。

暇潰しに正哲の浴衣やら、洞哲の寝間着やらを縫った。おきんに頼まれて古い着物をほどき、洗い張りしやすいようにもしてやった。

それでも正哲が傍にいないお杏は一人の時間を潰すのに苦労した。

気になる妊婦は岡っ引きの風松の女房のお弓《ゆみ》、材木町の大工の女房のお熊《くま》、茅場町の髪結い床「鷺床《さぎどこ》」の女房のお駒《こま》だった。お弓は臨月に入っているので油断がならなかった。

材木町のお熊も臨月であったが、五人目の子供なので、お産慣れして堂々としたものだ。

「わたしゃ、亭主の褌《ふんどし》を跨《また》いでも子ができる質《たち》だよ」と言ってお杏を笑わせた。

鷺床のお駒は三月《みつき》目。以前に一度、流産しているので無理をしないようにと言ってある。

今のところは順調である。

お杏は黄表紙を読むのに飽きると、ふと正哲の葛籠《つづら》に目を留めた。塗りの剝《は》げた葛籠だったが、それでも造った職人の腕は確かだったようで綻《ほころ》び一つなかった。

蓋を開けると書き付け帖が盛り上がるように現れた。下になっているものは紙の色が変わっている。事件の度に日記のように書き付け、後で死因別に分けていた。特に多いのは水死の書き付けで、一巻から五巻まである。

表紙をつけ、こより、、、で一冊ずつ丁寧に綴《つづ》ってあった。正哲は右上がりのくせがあったが、なかなかうまい字を書いた。

それに比べ、添えられている絵は、のっぺらぼう、、、、、、の人形のようなものが間抜けな形で横たわっているものばかり。しかし、そののっぺらぼうの人形達は、すべて正哲が手掛けた死人を表していたのだ。

「夏場は水死のおろくも腐れが速い。ほれ、夏の項のところを見てみろ。短くて一日と四分の三、長くて三日と三分の一で腐り出す。腐り出すということは、沈んでいたおろくが浮いて来るということだ。そいつを考えて死んだ日を特定するんだ」

正哲はそう言った。お杏に書き付けの説明をしてくれた時のことだ。

「四分の三とか三分の一って、どうやって割り出したの？」

お杏が訊ねると正哲は得意そうに「そりゃお前ェ、ここ、、だ」と、自分の禿げ頭を人差指でちょんと突いて見せた。

「ふうん、結構、注意深く見ているものなのね」

お杏は少しだけ感心した声になった。

「当たり前ェだ。運悪くおろくになっちまったんだ。その死を無駄にしねェように、おれは色々教えて貰ったつもりだ」

死人には様々な種類があった。ひと口に水死と言っても、季節や状況で細かく分けられる。しかし、それが殺しとなれば手口は割に単純だった。突き落とすか、絞め殺して堀や海に捨てるか、刺し殺してからそうするか、泳げない者なら、わざと顔を水に浸けて息をとめるかだった。人のやることにそう変化はない。

死人は殺されてからも、ものを言うと正哲は言った。だからおろそかに検屍はできないのだとも。

「人は簡単に死ぬものなのね」

お杏は書き付けの山を見て溜め息を洩らした。

「おれはそうは思わねェな」

「どうして？　あんたがおろく医者を始めて、十五、六年の間にこんなに死人が出ているのよ。しかも、これは北町奉行所に限ってのことじゃないの。南町の分を入れたり、地方の死人を入れたら、一年の間にどれほどの人が亡くなっていると思う？　あたし、それを考えたら何んだか気が遠くなりそう」

「まあ、それはそうだが。お前ェはただ数のことばかり考えるからよ。おれは人の生きる力のことを言ってるんだ。人はこれでなかなか死なねェものだぜ。人が簡単に死ぬものだったら、この世の中、人なんざ、とっくにいなくなってらァ。やっぱり生きている者の方が圧倒的に多いやね」

「あたしは寿命が尽きるまで生きていたい」

「誰だってそう思っているさ」

「殺されて死ぬのは嫌や」

「そうだなあ。だけどおれなんざ、後生が悪いから闇夜に匕首《あいくち》でぶすッとやられるかも知れねェなあ。殺しの手口を見破って獄門台に送った奴は多いからよ、逆恨みも相当買っているしなあ」

「ちょっとやめてよ、変なこと言うの」

眉間《みけん》に皺を寄せたお杏に、正哲は悪戯《いたずら》っぽい表情でへへ、と笑った。

「でも殺された仏さん、怖かったでしょうねえ。誰も死んだ後では怖かったと言えないけれど」

「そうだなあ。小便洩らしているおろくが多いところを考えると相当なもんだろう」

「あたしが一番怖いと思う殺され方は……」

お杏は亡くなった祖母に聞いた話を思い出していた。祖母はお杏がもの心つく頃から育ててくれた人だが、寝物語は楽しいおとぎ話ではなく、身の毛もよだつ怪談が多かった。おいてけ堀、から傘のお化け、ろくろっ首、一つ目小僧……お杏はその話を聞かされた後では一人で厠に行けなかった。

しかし、習慣とは恐ろしいもので、いつしかお杏はもっと怖い話を求めるようにもなっていた。祖母も調子に乗ってさらに怖い話をした。仕舞いには祖母自身も怖くなって、お杏を抱いて震えながら寝たこともあった。

その話は、聞いた時はさほど怖くなかったが、日が経って思い出す度に次第に怖くなるものだった。

「お前ェは女だから、さしずめ、手ごめにされて首でも絞められて殺されることが怖いか？」

正哲はやや真顔になったお杏に薄笑いを浮かべて訊いた。まともに相手にするつもりはない様子であった。

「ううん、違う。そういうのも嫌やだけど」

「さて、何んだろうな」

「半殺しになって気を失っている時に土の中に埋められること」

「…………」

正哲は半眼になって宙を見つめた。どういう状況か想像していたらしい。

「まだ本当に死んでいないから、しばらくすると気がつくのよ。だけど周りは真っ暗で助けを呼ぶこともできないのよ。それから本当の死がやって来るのよ。わあ、怖い」

正哲は何も言わなかったが、ぶるッと小さく身体を震わせていた。その拍子に肉付きのよい頰にさざ波が立ったように見えた。

お杏はそんな正哲が可笑《おか》しくて、色気のない声で笑った。

書き付け帖を捲《めく》っても、どれも同じような文字の羅列で、お杏の興味を特に惹《ひ》くものではなかった。お杏は溜め息をつくと葛籠の蓋を被せようとした。

その時、葛籠の隅《すみ》に無理に押し込んだような書き付け帖が眼に留まった。くるくると丸めて急いで押し込んだように見える。そのままでは紙にくせがついてしまう。お杏はその書き付けを引き出して、他の物と一緒に揃えようと思った。

くせを直して葛籠の一番上に重ねた時、表紙に書かれた文字にお杏の胸はつんと疼《うず》いた。

美馬　杏殿
おろく早見帖　㊣

表紙にはそう書かれていた。お杏は行灯《あんどん》を引き寄せ、その書き付け帖を捲った。

『生れ生れ生れ生れて生の始めに暗く、死に死に死に死んで生の終りに冥《くら》し　空海』

最初に虚仮威《こけおど》しのように、その言葉があった。正哲の造語ではなく、偉い僧侶の言葉らしい。人の生まれる前と死後はともに暗い闇の中ということか。闇から光の中に導くのがお杏の役目ならば、光から闇に人を葬るのが正哲なのだ。その二つの闇はどこか共通するものが感じられる。

『およそ事件には八何《はっか》の法則あり。いつ、どこで、誰が、誰と、何故に、誰に対し、いかにして、いかになしたか、である』

時と場所、下手人《げしゅにん》、共犯者のあるなし、動機、被害者、方法、そして結果であった。事件とは、すべからく、その八つの何で構成されているのだ。

『路上、あるいは室内に放置された死人の腐敗度は水中の死人のおよそ二倍、土中の死人の八倍の速度と心得るべし』

つまり、土の上の死体が一日で腐るとすれば、水中のものは二日掛かり、土中のものは八日掛かるという計算になる。土の上に放置された死体より他のは腐り難いということなのだ。しかし、人の目に触れるのは遅くなる。それゆえ、下手人は死体を堀に捨てたり、土の中に埋めたりするのだろう。

『自害・殺人の識別』の項には、その対比がこと細かく記載されていた。

自害する者は人目につかない場所を選び、その日時は親の命日や、連れ合いの命日、あるいは死人にとって特別に思い出のある日が選ばれた。身体を清め、衣服も整えている場合が多い。ただし、発作的にそうする場合もあった。その時は死人の精神状態が甚だ悪化している時だった。普通でなくなっているということだろう。遺書も重要な要素ではあるが、自害に見せ掛けた殺人の場合は脅迫されて書かされることもある。

刃物を使っての自害は首、手首、胸が多く、腹部は切腹の心得のない町人には滅多に見られない。従って、腹部、背中の傷により死に至った者は他殺を疑うべきだと書いてあった。

早見帖を捲るごとに、死体の特徴がさらに詳しくなっていた。

首を絞められた死体には必ず尿失禁があること。絞めた痕は喉の方につきやすく、後ろは皮膚が厚いのでなかなかつき難い。それを見落とさないこととある。肝心なことは死体の白目の部分に蚤《のみ》に喰われたくらいの血の点があるかどうかだった。首を絞められた死体には、その溢血点が多数現れるという。

そして、正哲が得意とする水死体の検屍の項では、口の中に粘《ねば》りのある細かい泡沫《あぶく》を出しているのが特徴とあった。水が肺腑に入ると、中にあった息と混じるために生じる。ちょうど、卵を掻き混ぜた時にできる泡のようだという。腐敗が進んだ死体にも泡が出ていることがあるが、その泡は粒が大きい。明らかに違う種類のものであることがわかる。細かい泡沫は水死体であることを証明するものだった。別の方法で殺して水の中に捨てても、その泡沫は出ないものらしい。このことを踏まえて検屍することとあった。

お杏は深更に及ぶまで熱心に早見帖を読んだ。それはお杏に書き残したというより、風松や深町又右衛門が事件に難渋した時に助言せよということなのだ。それでもお杏は正哲から何か宿題を与えられたようで嬉しかった。

自分に向けて付け文一つ書いたことのない男である。それが美馬杏殿と改まって書いたのだ。お杏は、その早見帖が正哲の恋文のようにも思えた。

三

風松の家は八丁堀の松屋町にあった。代々、酒屋を営んでいた。新川の酒問屋から仕入れた酒を小売りしている。一合から量り売りをする小商いの店だった。間口二間の店には藍色の暖簾《のれん》が「二《に》の倉屋《くら》」という字を白く染め抜いて下がっている。殺風景な店で、入って行っても帳場もなく、だだっ広い土間に酒樽と大小の升が置いてあるだけだ。奉公人も古くからいる年寄りの番頭一人と、台所を手伝う女中だけだった。

さほど実入りのよい商売をしているようには見えなかったが、それでも食べるのに困るようなことはなさそうだ。店は風松の母親のおすがほとんど一人で切り回している。

風松の父親の音松は中風を患って身体の自由が利かなかった。時々、よろよろと店に出て来て、不自由な口で商売のことをあれこれと指図していた。音松は土地の御用聞きとして昔はずい分鳴らした男だったが、今はその頃の片鱗を窺わせるものとてなかった。

その代わり、息子の風松が父親の跡を継いで十手・捕り縄を預っていた。

昨年の春、風松は数寄屋町の料理屋の娘と一緒になった。お弓というその娘はその時、十六で、風松は二十一。まるで雛人形のような夫婦と言われた。お弓はおすがを手伝って二の倉屋を守り立てていた。

今年に入ってお弓は身ごもっていることがわかった。九月が出産予定日になる。お杏は実家に戻ることを勧めたが、風松が寂しがって帰そうとしない。お弓はおとなしい女なので風松には逆らわず、そのまま二の倉屋で産むつもりらしかった。

臨月に入ったお弓は肩で息をして、今にも産まれそうな様子に見えた。小山のように盛り上がったお弓の腹をさすりながら、お杏は赤ん坊の具合を診《み》た。元気のよい赤ん坊で、さするお杏の掌《て》に、腹の中から蹴飛ばす赤ん坊の足の感触があった。

「元気のいいこと。蹴飛ばされちゃったわ。おっ母さんに触《さわ》るなってことかしらね」

お杏は笑いながらお弓に言った。

「うちの人がお腹に耳を当てた時も、思いっ切り、蹴飛ばしたんですよ。うちの人、そりゃあ驚いて」

まだ子供子供した表情のお弓がうちの人を連発するのが微笑ましかった。風松がお弓の腹に耳を当てている図がお杏の脳裏に浮かんだ。すると、それは正哲が自分の腹にそうする図に置き換えられた。そういうことが、この先、あるのかどうかをお杏は訝しむ。

「もうひと月もしないで産まれますから、お弓ちゃん、くれぐれもお大事にね」

「ええ。可愛い子が産まれるように厠のお掃除を一生懸命しているのよ」

「感心ね。きっと可愛い子が産まれるでしょうよ。あたしも楽しみなの。ふうちゃんのお父つつぁんぶりはどんなかしらね」

「うちの人、男の子だったら、大きな鯉幟《こいのぼり》を立てるんですって」

「女の子だったら？」

「十軒店《じっけんだな》に行って極上の雛飾りを買うそうよ」

「楽しみなこと。あたしもせいぜい、うちの人に祝儀を弾ませますからね」

「いいんですよ、お杏さん。そんな心配しないで。お産の世話をしていただくだけで、あたしは充分ですから」

「それはそれ、これはこれよ」

お杏はそう言ってお弓の着物の前を合わせ、臨月の注意を二、三言って部屋を出た。

「お杏ちゃん、お弓、大丈夫ですかい？」

風松がすぐにお杏の傍にやって来て訊いた。

「大丈夫よ。今のところ心配なことは何もないわ。初産だから予定している日よりも遅くなるかも知れないわ。気をつけてあげてね」

「へい。近くにお杏ちゃんがいるから、あっしも心強いですよ」

「ところで、ふうちゃん」

お杏は少し真顔で風松の方を向いた。

「産まれるまでひと月を切ったから、お弓ちゃんに触るのやめてね？」

「へ？」

風松は呑み込めない顔でお杏を見ている。

お杏はいらいらした。

「お弓ちゃんと、そのお……夜のことしないでってこと」

「………」

風松は応えなかったが顔に朱が差した。ついでぎくッと首を捩《ねじ》るような仕種をした。風松のくせである。子供の頃から風松にはそのくせがあった。おきんは、あまり親が小言をうるさく言って叱っていると、そんなくせが出ると言った。それは風松にもおすがにも言ったことはなかったが。

「お弓ちゃんを実家に帰さないのはあんたの勝手だけれど、もしも、あんたがお弓ちゃんとそうできないから帰さないのだったら了簡《りょうけん》違いですからね。お弓ちゃんはもう爆弾を抱えているようなものだから、ちょっとしたことでも油断ができないのよ。あんたが余計なことをしたために空産《からざん》になったら大変なのよ」

早期破水をお杏は警戒している。

「言い難いことを平気で言いやがる……」

風松は俯いて呟くように言った。

「我慢できないのなら、お弓ちゃんを実家に帰しなさいね」

「わかったよ」

風松は自棄《やけ》になって声を荒らげていた。

音松に声を掛け、おすがにお弓の様子を話すと、お杏は自身番に行くという風松と一緒に二の倉屋を出た。

店を出た途端に陽射しは容赦なくお杏に降り注いだ。暦《こよみ》の上では秋だというのに江戸の残暑は厳しかった。じっとりと湿った暑さは、お杏の胸の谷間に汗をつっと滴《したた》らせた。周りの景色は何もかも、白っぽい紗《しゃ》を掛けたように見える。

定斎屋《じょうさいや》が薬簞笥の把手《とって》をカタカタ鳴らして風松とお杏の横を通り過ぎた。

紀伊国は江戸より暑い所なのだろうかと、お杏はぼんやり思った。

お杏の気持ちが風松に通じたのだろうか。お杏と歩調を合わせながら風松が口を開いた。

「先生、まだ戻って来る様子はありやせんか？」

「ええ。うんとも、すんとも言って来ないわ」

「困っちまったなあ」

風松は深い溜め息をついた。

「おろくが出たの？」

お杏は色めき立って風松に訊ねた。昨夜読んだおろく早見帖のことが、すばやく脳裏を掠《かす》めていた。

「ねえ、水死？　それとも首縊り？　もしかして土の中から見つかった白骨？」

「嫌やだなあ、お杏ちゃん。そんなんじゃねェですよ。この暑さであっしも深町の旦那も頭がうまく働いてくれねェもんで、こんな時、先生がいてくれたらなあと、つくづく思っているんでさァ」

そう言った風松の声も暑さでだるそうに聞こえた。

「おろくじゃないの？」

「いや、おろくはおろくですよ」

通り過ぎる人は風松とお杏のやり取りを不思議そうに眺めていた。昼間から、おろくおろくと縁起でもないことを声高に言っていたからだろう。

「うちの人ね、おろくが出た時のために早見帖を置いてってくれたわよ」

「早見帖？」

風松の首がぎくッと動いた。

「簡単な検屍の方法が書いてあるのよ」

「お杏ちゃん、見せて貰えますかい？」

「ええ、それはいいけど。あんた、字が読めるようになった？」

「…………」

「平かなだけじゃ、ちょっと無理よ」

「固い文字はちょいと……」

「あんた、手習い所の先生がせっかく教えてくれたのに、へのへのもへじばかり書いて遊んでいたものね。似面絵《にづらえ》（似顔絵）だけは、そう言えばうまかったわね」

「お杏ちゃん、ちょいと読んで、あっしに教えて下さいよ。今度の山の手掛かりになるかも知れねェですから」

お杏は気軽に請け合って風松を自分の家に連れて行った。

風松はお杏がいくら座敷に上がれと勧めてもそうしなかった。女一人の家に図々しく上がり込むのを遠慮していた。それは正哲に対する遠慮というよりも、お杏の祖母が生前、風松が訪れる度に胡散臭《うさんくさ》い眼をして追い払っていた習慣があったせいだ。

風松は上がり框に腰を下ろして早見帖を手に取った。お杏は風松に冷えた麦湯を出して、昨夜読んだ早見帖のあらましを話して聞かせた。得意そうに話したお杏だったが、風松のさえない表情は変わらなかった。

「やっぱり、この早見帖だけじゃ無理ですよ」

「どうして？」

庭の垣根の向こうから金魚売りの間延びした声が聞こえた。戸という戸はすべて開け放していても、風は一向に通る様子はなかった。眩《まぶ》しい陽射しが降り注いでいるばかり。風松の額《ひたい》には細かい汗が滲《にじ》んでいた。お杏も時々、手拭いで首筋の汗を拭った。

「自害か殺しか、見極めることが肝心と言いますけどね、その見極めにちょいと難儀しているんですよ」

「だから、事件のあった日は仏さんにとって何か因縁のあった日かどうか……それを……」

「何もありやせんよ」

風松はお杏の言葉を遮るように言った。

「仏さん、身なりはちゃんとしていた？　新しい下着を身につけていたとか、髪をきれいにしていたとか……」

「普段のまんまです。髪は結構、崩れておりやした」

「だったら殺しね」

「ところがそうも行かないんですよ」

風松はそう言って、ぎくッと首を捩った。

「話してよ。さっぱり訳がわからない」

風松の表情には躊《ため》らう色があったが、話せと催促するお杏に観念して事件のことを話し始めた。

山王権現御旅所《おたびしょ》の裏手に小ざっぱりとした家がある。狭いながら庭つきで、家も庭もよく手入れされていた。そこに住んでいたのがお島《しま》という中年の女だった。

お島は日本橋で芸者をしていたことのある女で、とある商家の若旦那の世話になっていた。若旦那はお島より六つほど年下であった。

若旦那は最近、お島の所を訪れる回数がとみに少なくなっていた。どうやら外に別の女ができた様子でもある。お島はそれを察して、若旦那が訪れる度に愚痴をこぼしていたらしい。痴話喧嘩も再三起きていた。お島は気《き》っ風《ぷう》のよい女であったが酒癖が悪かった。酔っては若旦那に喰って掛かっていた。そんなお島に若旦那もほとほと愛想を尽かし、そろそろ手を切りたいと思っていたようだ。ところがお島は未練があるし、先行きの暮しの不安もある。二人の間は次第に険悪になっていった。

どうでも別れるというなら自分は死ぬ。いや、若旦那を殺して自分も後を追う。お島はある日、匕首《あいくち》を振り回した。なに、本気で若旦那とそうするつもりはなかったのだ。酔った勢いで脅すぐらいのつもりだったのだろう。

しかし、それが裏目に出た。若旦那は匕首を取り出したお島に眼を剝《む》いた。こんな恐ろしいことをする女だとは思わなかった。もうたくさんだと。お島は若旦那の冷たい表情に、二人の仲が終わりだと悟ったらしい。若旦那は後で手切れ金を届けると、冷たく言い置いて家を出た。若旦那には未練のかけらもなかった。

手切れ金は店の番頭に届けさせることにした。だが、番頭がお島の家を訪れると家には鍵が掛かっていて留守だった。何度訪れても鍵は掛かったままだった。

若旦那はどうせ外で自棄酒《やけざけ》でも喰らっているのだろうぐらいに思っていた。

五日ほど経って、さすがに若旦那は気になって自分から金を届けることにした。

相変わらず鍵は掛かったままだった。この暑さなのに雨戸も閉め切ってある。近所の人に訊ねても、お島を見掛けたという者はいなかった。

不審を覚えた若旦那は自身番を訪れて、ちょうど詰めていた風松に仔細を話した。すぐに風松は家の中を改めやしょうと言って、若旦那と一緒にお島の家を訪れた。

土間口はもとより、裏口の戸も鍵が掛かっていた。風松と若旦那は庭に廻り、縁側の雨戸を外して中に入った。入った途端に強烈な死臭が鼻をついた。おろくがいると察した風松は若旦那をそこに残して同心の深町又右衛門を呼びに行った。

深町と一緒に戻って来ると、若旦那は庭に蹲《うずくま》っていた。顔色が真っ青だった。若旦那は風松がいない間に中に入って、お島の腐敗した死体を見てしまったのだ。

この暑さである。閉め切った部屋の中で、死体は思った以上に腐敗が進む。蛆《うじ》がお島の身体を這いずり廻っていた。お島の胸には例の匕首が突き刺さっていた。死因は胸を突いた傷によるものだった。

お島の横たわっていた畳は、流れた血の痕が赤黒く拡がっていたという。

「殺しかな……でも、自害にも思えるけど」

風松の話が終わるとお杏は呟いた。風松はぎくッとやると「自害と考えたいんですが、裏口の鍵は外から掛けられていたんですよ。そうなると、その後でお島がどこから家の中に入ったのかが問題になりやす」と言った。

「雨戸を外しておいて縁側から中に入り、それから雨戸を閉《た》てるとか……」

「だったら裏口の鍵は中からしんばりを支《か》っても別に構わねェんじゃねェですかい？」

「そうねえ、変と言えば変よねえ。殺しだとしたら下手人はその若旦那以外に考えられないわねえ」

お杏はなんとなく腑に落ちない様子で小首を傾《かし》げた。

「邪魔になったお島を殺したくなる気持ちはわかりやすが、あっしはあの男の様子から、そんなことをしたようには思えねェんですよ。この早見帖は、手首や首、胸の傷によるものは自害で、腹や背中は殺しを疑えって言ってますよね。すると、胸ってェのは自害になるんでしょうが、匕首が突き刺さっていたところは自害にしては、凄まじ過ぎるようにも思えるんですよ」

そう言われてみるとお杏も判断に迷った。

「お島さん、酔っていたの？」

「若旦那の話じゃそうでした」

「亡くなったのはいつになるの？」

「恐らく、若旦那がお島と最後に逢った日になりやす」

「深町様は何んておっしゃってるの？」

「一応、殺しの線で調べを進めておりやす。深町の旦那はお島の現場を最初に見た時は咄嗟《とっさ》に殺しを考えられたようですから。若旦那は茅場町の大番屋に押し込めておりやす。ところが……」

「なあに？」

「若旦那の商売は今がかきいれ時なもんで、手代や番頭が毎日、やいのやいのと言って来るんでさア。それであっしも旦那もほとほと困って……」

「その若旦那ってどこの人？」

「……………」

風松は口ごもった。お勤め向きのことをお杏に話すだけでも迷っていたのに、下手人の素性を明かすとなるとさらに躊躇したらしい。

「ちょっとお、あたし、人にぺらぺら喋らないわよ。うちの人の代わりに話を聞いているんじゃないの」

そう言われて風松は渋々「上総《かずさ》屋書店の若旦那です」と言った。

日本橋、通《とおり》一丁目にある絵草紙屋だった。

お杏の贔屓《ひいき》にしている黄表紙や読本も、そこから出ているものが多かった。

「正月に売り出す黄表紙や読本は、絵師や戯作者《げさくしゃ》に今の時期から書かせるんだそうです。若旦那が催促しなければ言うことを利かない奴が多いんです。絵師だの物書きというのは変わり者が揃っておりやすからね。それに事件が表沙汰になれば店の信用にも傷がつきやすし、あっしも番頭に泣きつかれて困っているんでさァ。それは深町の旦那も同じですよ」

「でも、若旦那が下手人じゃないことがはっきりするまでは大番屋で調べるしかないじゃないの」

「そうなんですよ」

「うちの人、帰って来るかどうか、あてにならないわよ」

「先生はやっぱり医者なんですね。おろくのことより新しい医術の方に夢中になるほどですから」

「ねえ、ふうちゃん」

お杏は俯きがちの風松の顔を覗き込むようにして言った。

「お島さんの家、あたし、見に行きたいのだけど」

「そいつァ……」

話をするだけでもためらっていたのに、現場に連れて行けと言われて風松は、さらに困惑した。

「お杏ちゃんが見ても仕方がねェですよ」

「それはそうだけど、何か気のつくことがあるかも知れないじゃないの」

「お島の家は周りに縄を張って、他の者が立ち入らないようにしてあるんです」

「あんたなら構わないんじゃない？　御用の向きだもの」

「…………」

「迷惑なの？」

「そういう訳じゃ……」

「あたしが行ってもどうにもならないから？」

「…………」

風松は頭を掻いて心底、弱ったような表情をしている。盛んに首をぎくッとやった。

「いいわよ、それなら。どうせあたしは産婆で、あんた達のお手伝いはできませんからね」

ぷッと頰を膨らましたお杏に風松は慌てて「外から見るだけなら」と、ようやく言った。

四

お島の家は山王権現薬師堂、俗に御旅所と呼ばれる所の裏手にあった。周りは町方役人の組屋敷で囲まれている。

独り暮しのお島を心配する上総屋の若旦那は、当時、わざとそんな場所に妾宅を構えたのだろう。事実、八丁堀では物騒《ぶっそう》な事件は滅多《めった》に起こらない。死人が出た事件は十年ぶりのことだった。

お島の家の庭から薬師堂の高い甍《いらか》が見えた。戸口は板を斜めにして釘が打たれ、さらに荒縄で周囲を張りめぐらしてあったが、ちょいと見には風情のあるいい家だった。

お杏は風松の後ろから荒縄をくぐって中に入った。庭に面した縁側は雨戸がぴったりと閉ざされていた。雨戸の戸袋の近くに厠があり、手水鉢《ちょうずばち》が置いてある。手水鉢の水はとうに濁り、小さい蚊が飛び回っていた。

「いい家ねえ。あたしもこんな家に住みたいなあ」

「死人の出た家に住みたいなんざ、お杏ちゃんも相当、変わっているよ」

風松は呆れたように言った。

「どこの家でも死人の一人や二人は出ているわ」

「…………」

「二階もあるのね？」

やはり雨戸が閉《た》てられていたが、日除けの簾《すだれ》が下がっている窓を見上げてお杏は言った。

「お島は二階でこと切れていたんですよ」

「そうなの……梯子《はしご》はなかった？」

「ないですよ」

「梯子を使ったのなら残っているはずだし、裏口に鍵を掛けて梯子で二階から入ったなんて間抜けよね」

お杏は呑気《のんき》な声で笑った。風松は鼻を鳴らした。裏口に廻ると、こちらも板で塞《ふさ》がれていたが、鍵は外されてなかった。

「ここの鍵はどんなものだったの？」

「へい。錠前屋に造らせたもんで、結構しっかりしていました」

「それは若旦那が造らせてお島さんに持たせていたのね？」

「へい、そうです。昔は若旦那もお島にのぼせていた時期がありやしたから、独り暮しを心配していたんでしょう」

「お妾さんというのも悲しいものね。旦那に愛想を尽かされたら、ぽいっと捨てられるんですもの」

「最近のお島は昼間っから酒を喰らって、手がつけられなくなっていましたからね。あれじゃ、百年の恋も冷めるというものですよ。あっしの所の酒代も相当溜まっていますよ」

「何んだ、二の倉屋のお得意さんだったの」

「そうですよ」

「酒代、踏み倒されたんだ」

「いいえ、事件が解決したら上総屋に取り立てに行きますよ」

「しっかりしてる」

「お袋とお弓がうるさいんですよ」

裏口の戸に鍵が掛かっていたとすれば、おいそれと開けることはできない。その鍵は誰が掛けたのだろう。鍵を掛けた者がお島を殺した下手人なのだ。台所の煙抜きの窓は桟《さん》が嵌《は》めてあり出入りはできなかった。ざっとお島の家の周辺を廻ってみたが、出入りできる場所はどこにもなかった。

「不思議ねえ」

お杏は溜息混じりに呟いた。

「でしょう？」

「やっぱり上総屋の若旦那が殺《や》ったのかしら」

「深町の旦那は今のところ、その線で調べを進めていますけどね。あのね、お杏ちゃん」

風松はぎくッとやってから言葉を続けた。

「殺しをやった下手人というのは、刃物を使っている時は返り血を浴びていたり、仏と争った時に思わぬ傷を負っているものなんですよ。ところが若旦那には、さっぱりその様子がねェ。あの日だって、店に帰ってからの若旦那におかしいところはなかったと、手代も番頭も言っているんです。もちろん、お内儀さんもですよ」

「身内は庇《かば》うから、その言葉はあてにならないけど、返り血もないのはねえ……五日も経っているから汚れた着物を捨てたってこともあるじゃないの」

「それはそうですけど……お島の所に若旦那が出かけた時の恰好は近所の人も憶えているんですよ。着物には道楽する人ですからね。絽の着物に透綾《すきや》の羽織、献上博多の細帯。シミ一つなく、そのまんまでしたよ」

自害か殺しか。事件の発端で、もう風松も深町も混乱していた。お杏は正哲の不在を今更ながら悔しく思った。正哲が傍にいたなら、このことをどう判断しただろうか。

お島を殺したくなる人間は若旦那の他に果たしていたのだろうか。店の者？　女房？　若旦那はお島がいたために、商いに障りを出した様子はなさそうだ。女房にしても、憎しみを持つとすれば、お島よりも新しい女の方だろう。亭主が気をそそらなくなった女に殺意を抱くはずもない。

ぴったり閉ざされた家を眺めながら、お杏はそんなことを考えていた。

庭に植えられていた曼珠沙華《まんじゆしやげ》の花がそろそろ蕾《つぼみ》をつけていた。もう少ししたら、この庭に真っ赤な花が咲くのだ。その花の色はお島の流した血の色と同じなのだとお杏はぼんやり思った。

「お杏ちゃん、帰りやしょう」

風松はじりじり月代《さかやき》を焦がす陽射しに往生して、だるそうな声でお杏に言った。

「そうね……」

「あっしはこれから自身番に寄って、それから大番屋に廻ります」

「上総屋の若旦那はどうなるの？」

「吟味が済めば解き放しになりますが、悪くすれば小伝馬町の牢に送られることになるかも知れやせん」

「牢送りになったら大変だわ」

「さいです、あすこは地獄ですからね」

囚人の苛《いじ》め、しごきに、呑気に暮していた若旦那が堪えられるだろうかとお杏は思った。

お杏はお島の家を何度も振り返りながら地蔵橋に向かっていた。不思議なもので、無人の家だと知らされると、その家は何やら荒廃したものが感じられてならない。家は人が住んでこそ家なのだと思う。

自分の家がいつもよりだだっ広く感じられるのも主がいないせいなのだ。お杏はそう思う。


「お杏ちゃん、御旅所の裏に住んでいたお島という女のことは知っているかね？」

洞哲が訊ねた。お杏は驚いてしじみ汁を啜《すす》る手を止め、義父の顔を見た。いつもの晩飯の時だった。

「お義父《とう》さんもご存知だったのですか」

「ご存知も何も、近所じゃ大層な評判になっているよ」

「上総屋の若旦那が殺ったのだろう？」

おきんはその名を憚《はばか》る様子もなく、ずばりと言った。

「まだわからないんですよ、お義母さん。そう決めつけるのは、上総屋さんが気の毒ですよ」

箱膳には鰻《うなぎ》の蒲焼がのっていた。おきんの実家から取り寄せたものだ。鰻は洞哲の好物だった。正哲もこれには目がないのだと、こってりとして柔かい身を箸で摘《つま》みながらお杏は思った。正哲は紀伊国では何を食べているのだろうか。

蒲焼の他に、青菜の胡麻あえ、南瓜《かぼちゃ》の煮付け、茄子の漬物、心太《ところてん》もあった。

「なに、殺すまでもなく、早晩、あの女は酒毒で命はなかったのになあ」

洞哲もおきんも上総屋の若旦那をすっかり下手人に仕立てていた。人の口に戸は閉《た》てられないのたとえは本当だとお杏は思う。

「お島さんはそんなにお酒を飲んでいたのですか？」

お杏は大事そうに蒲焼に箸を運ぶ洞哲に訊ねた。

「ああ、わしも具合が悪いと言うので何度か診たことがある。肝ノ臓がすっかり堅くなっていた。しじみ汁を飲め、滋養のある物を喰えと言ってやったが、さっぱり言うことを利かぬ女での、相変わらず酒ばかり喰らっていたわ」

「そうですか。事件のあった日も酔っ払っていて、若旦那に匕首を振り回したそうです。お前を殺して自分も死ぬとか何んとかって」

「男を力ずくで引き留めようたって、そうはいかないよ」

おきんは心太をずるりと啜って小意地悪く言った。

「男なんてものは、ほッ、女の言いなりになんてなるもんか。馬鹿だねえ、その女。さっさと諦めて他に頭を向けりゃよかったんだ」

「あら、お義父さんはお義母さんの言いなりじゃないですか」

お杏は冗談めかしておきんに言った。

「何言ってるの、お杏ちゃん。この人はわたいの言うことに、ただの一度もはい、と素直に応えたことがないんだよ。ああ言えばこう言う。あまのじゃくなんだよ」

「そうなの？　お義父さん」

「そんなことがあるものか。わしは婆さんの言いなりだよ」

どちらにも味方することができないので、お杏はそれ以上言えない。

「お島さんのことには謎が多いんですよ」

つかの間、訪れた沈黙が気詰まりで、お杏は茄子の漬物を噛んでから口を開いた。

「ほう、それはどういうことかな？」

洞哲は興味深そうにお杏を見た。

「うちの人の話だと、殺しの現場というのは荒れて滅茶苦茶になっていることが多いのだそうです。でも、ふうちゃんが、お島さんの所はそうでもなかったと言ってました。上総屋の若旦那さんは返り血も浴びていなければ、お店に戻ってから様子がおかしかったということもないんです。だから、殺しじゃなくて自害じゃなかろうかと考えたくなりますけど、表の戸は鍵が掛かっていて、裏口の戸も外から鍵が掛かっていたんです。お島さんが自害をしたとすれば、裏口の鍵が問題になるんですよ。外から鍵を掛けて、それじゃあ、お島さんは、どこから家の中に入ったことになるんでしょう？」

「他に入れそうな所はなかったのかい？」

「ええ。あたしも昼間にふうちゃんと一緒にお島さんの所に行って来たんですけれど、どこにも入れそうな所はなかったんです。それが不思議で堪まらないのですよ」

「お杏ちゃん、下っ引きの真似かい？」

おきんがからかった。

「密《みっ》の部屋になるのか……」

洞哲は少し真顔で天井を睨んだ。密の部屋という言葉に、お杏はなぜか緊張した。ひどく謎めいた響きが感じられた。

「裏口の鍵は、それでどうしたのかね？」

「え？」

洞哲の言うことがよく呑み込めなかった。

「仏さんを調べて、始末をしたと思うのだが、鍵は今でも掛かったままなのかい？」

「それは……確か鍵は開いていたと思います。板で戸口を塞いでいましたから」

かった。

「じゃあ、鍵は一旦は開けられたんだね？」

うっかりしていた。裏口の鍵は誰が開けたのだろうか。無理やり壊した様子にも見えなかった。

お杏は洞哲の言葉が頭にこびりついていた。

すぐにでも風松の所に行って、そのことを訊いてみようと思ったが、夜分に人の家を訪ねる遠慮がお杏にあった。晩飯の後片付けを手伝ってから自分の家に戻り、いつものように湯《ゆ》屋《や》に行った。

髪を洗い、ぐるぐるの櫛《くし》巻《ま》きにして、浴衣姿のお杏はおろく早見帖を開いた。

『腐敗死体の項、その一

真夏の死人は腐敗の進行が速いものと心得るべし。とくに密閉された室内における死人は死臭甚だし。蛆の発生あり。全身が蒼黒く変色し、肥大している。体内の気が溜まって膨張するために肥大は起こる。死斑あり。

死斑は俗に血下がりと呼ぶ。血は水のごとく低い所に流れ、最も低い所に溜まる。溜まった血は、外側からは暗紫赤色に見える。

これが死斑なり』

多分、お島の死体にはそのような特徴があったはずである。しかし、現場を見ていないお杏には、その腐敗の程度がよくわからなかった。蛆も出ていたということは、やはり死んだのは最後に上総屋の若旦那が訪れた日に間違いはないだろう。若旦那がお島の家を出た後に事件は起こったのだ。

『創傷死の項、その四

刃物による自害の場合は主に首と胸部になる。殺しの場合もこの部位になることあり。

しかし、自害によるものはためらい傷ありと心得るべし。ためらい傷は死因となるべき傷の近くに平行してあり。死因となるべき傷より一寸以上離れているものは、ためらい傷とはならず。必ず接近してあり、しかも平行にあることが、ためらい傷の条件なり』

お島の死体には、そのためらい傷はあったのだろうか。それもお杏は風松から聞き逃していた。正哲なら、そのことは抜かりなく見たはずである。餅は餅屋だとお杏は思う。

俄おろく医者の真似などできはしないのだ。

お杏は溜め息をついて畳に仰向けになった。

鴨居に縫い上げた正哲の浴衣が衣紋掛けに通してぶら下がっていた。火のしを当てて畳んで置かなければならないのに、この暑さで火を使うことが億劫だった。そのままにしている。

浴衣地は一反では足りなくて、呉服屋にわざわざ長尺のものを頼んで取り寄せたのだ。派手な団十郎縞である。正哲は派手な色や柄が似合う男だった。しかし、その浴衣を着る機会があるのかどうかをお杏は怪しむようにもなっている。このまま正哲が江戸に戻らないような気もした。

五

翌日、お杏が本八丁堀町の自身番を訪ねると、風松は少し煩わしいような表情でお杏を見た。お杏は先に松屋町の店を訪ね、風松の母親に自身番だと教えられたのだ。

「ふうちゃんのおっ母さんに、こっちだと言われたから……」

お杏は気後れを覚えたが、笑顔で風松に言った。

「お杏ちゃん、事件のことは、もうあっし等に任せておくんなさいよ」

お杏が何も言わない内に風松はそう言った。

かッとお杏の頭に血が昇った。

「ずい分な態度ね。うちの人がいなけりゃ、ふうちゃんはあたしに冷たくなるのね？」

「そういう訳じゃありやせんけどね、これ以上お杏ちゃんが首を突っ込んでも埒は明かないってことですよ」

「気になるのよ、あたし。気になって気になって、どうしようもないのよ」

「…………」

「ねえ、お島さんの検屍は誰がしたの？」

「そりゃあ、あっしと深町の旦那ですよ」

「お島さんにためらい傷はあった？」

「え？」

「匕首が刺さっていた近くに、同じような傷はなかった？」

「そいつァ……」

「肝心なことなのよ。それがあるかどうかでも、自害か殺しかの区別がつくんだから」

「わかりやせんでした」

「お島さんの仏、どうしたの？」

「若旦那が檀家になっている寺に運びやした。弔《とむら》って貰いやしたよ」

「じゃあもう……」

「土の下ですよ。当たり前ですよ。あんな臭ェおろく、いつまでもそのままにして置けるもんですか」

「…………」

「仮に、そのためらい傷があったとしても、あの時のお島の様子からじゃ、とても気がつきやせんよ」

「そうなの……」

お杏は心底がっかりして首を俯けた。

「だからお杏ちゃん、もうこれ以上は……」

「ああ、それからもう一つ」

お杏はすぐに顔を上げて慌てて言い添えた。

「裏口の鍵ね、鍵は掛かっていたはずだけど、昨日は、鍵は掛かっていなかった。あれはどうしたの？」

「若旦那が合鍵を持っていたんですよ。それで開けたんです」

「それじゃ、お島さんも鍵は持っていたはずね？」

「さいです。だが、そいつは見つかりませんでした」

「捜したの？」

「捜しましたよ。家の中にはなかったですよ」

「外は？」

「外って……」

「庭の中とかよ」

「あの庭を捜すとなったら骨ですよ」

「捜していないのね？」

「へい。そんな暇はなかったもんで」

唇を嚙み締めたお杏に風松は吐息をついた。

この調子ではお島の事件から手を引く様子はないと思ったのだろう。

「お島は家でも酒を飲んでいましたがね、時々は提灯掛横丁《ちょうちんがけよこちょう》の飲み屋で管《くだ》を巻いていたそうです」

「何んというお店？」

「ほたるという店です」

その名は聞いたことがあるような気もしたが、はっきりとは思い出せなかった。

「これからその店に行って、ちょいと話を聞いてこようと思っているんですが、お杏ちゃんも一緒に行きますかい？」

風松がそう言うとお杏の顔が輝いた。

「行く。連れてってくれる？」

風松は苦笑いを浮かべて「困った人だ」と言った。


提灯掛横丁は北島町の狭い通りの一郭を、そう呼ぶ。周りを与力、同心の組屋敷で囲まれていても、そこはまるで掃き溜めのように居酒屋や一膳めしやが軒《のき》を連ねている。通って来る客も組屋敷の中間《ちゅうげん》や職人の男達が多い。

「ほたる」は提灯掛横丁の中央辺りに店を出していた。お杏と風松が訪れた時は午前中のせいもあり、暖簾《のれん》は出ていなかった。

それでも戸は開け放してあり、外の掃除も終えて、打ち水した跡がしっとりと店前に残っていた。

「親父、いるかい？」

風松は仄暗い店内に気軽な声を掛けながら入って行った。

「まだ、店は開けちゃいないぜ」

不機嫌そうな低い声が聞こえた。飯台の向こう側にいる亭主の上半身が見える。四十そこその恰幅《かっぷく》のよい男だった。男は白い半纏《はんてん》を着て芋の皮を剝いているところだった。

「ほたる」の亭主、良吉《りょうきち》は風松の後ろから入って行ったお杏にも胡散臭い眼を向けた。

「客で来たんじゃねェよ。ちょいと御用の筋でな」

風松はそう言って飯台の前にある小座蒲団を敷いた床几《しょうぎ》に腰を下ろした。

「お杏ちゃん、こっちに来て座りなよ」

「ええ」

お杏は良吉の態度に気後れを覚えながら「お邪魔致します」と言って風松の横に座った。

店は狭いが、掃除を終えたばかりの清々《すがすが》しい気分が漂っていた。結構、きちんとした商売をしているのだろうとお杏は思った。

「この人、知っているかい？」

風松が訊ねると、良吉は、ちらりとお杏に目線をくれて「おろく先生のお内儀さんじゃないのかい？　確か産婆をしているとかいう」と、素《そ》っ気《け》ない口調で応えた。

「まあ、うちの人をご存知だったのですか」

お杏は、ほっと笑顔を見せて言った。

「時々、箕輪《みのわ》のお兄さんと、うちの店で飲んで貰っていますよ」

「そうですか」

箕輪の兄さんとは、正哲の二番目の兄の良哲のことだった。

「それに、あんたが産気づいた女房の所に走って行くのを何度か見掛けましたよ。あれがおろく先生のお内儀さんだと誰かが言ってたな。誰だったかなあ」

「親父、耄碌《もうろく》したのかい？　あっしが教えたんじゃねェか」

風松が口を挟んだ。

「そうだったかい。ま、そんなことはどうでもいいが……ところで今日は何んの用だい？　うちには腹のでかい女房はいないぜ」

「お島って女、親父は憶えているだろ？」

風松が訊くと良吉は丸い鼻をふん、と鳴らした。

「くたばっちまったんだってなあ」

言葉つきは悪いが、良吉はその後で深い溜め息をついた。

「ここでお島はしょっちゅう飲んでいたんだろう？」

「ああ」

「何か気がついたことはありませんでしたか？」

お杏の質問に、良吉は剝いた芋を桶に入れて「何かって？」とお杏の顔を睨むように見た。

「お島さんのお世話をしている旦那さんのこととか……」

良吉は眉をきゅっと上げてから桶の中に柄杓《ひしゃく》の水を入れ、芋をぐいぐいと洗い出した。

「あの女の愚痴は毎度聞き飽きているよ」

「どんな愚痴ですか？」

お杏は良吉の手許を見つめながら訊ねた。

良吉の手際はよかった。土にまみれていた芋はみるみる白くなった。洗った芋は笊《ざる》にあけられた。

「旦那は心変わりしちまっただの、手前ェはその内に捨てられるだの、そうなったら黙って引き下がりはしないだの、埒もねェもんですよ。あまりしつこいから帰れ、と怒鳴ってやったこともありましたけどね。だけど、二、三日経つと、またやって来るんだ。どうしようもねェ奴だったよ」

良吉は芋の下拵《したごしら》えを終えると煙管《きせる》を取り出し、板場の火で一服点けた。

「お島さん、若旦那の気持ちが自分から離れていることを知っていたんですね？」

お杏は煙管の煙を眼で追いながら言った。

「女もねえ、四十近くになると色気で勝負できねェからね。あれでも昔は水も垂れそうないい女だったのになあ。擦れ違う男が振り向かねェ例《ためし》はなかったものさ」

「お島さんのこと、昔からご存知だったのですか？」

「おれは昔、お島がお座敷に出ていた料理茶屋に勤めていたんですよ。ここに店を出してから十年ぶりぐらいに会って、あら良さんじゃないのって、それから通って来るようになったんです」

「死ぬ前もここで飲んでいたそうだってな？」

風松が訊いた。事件の起こる少し前に「ほたる」からお島が出て来るのを見た者がいたのだ。多分、それがお島の最後の姿になるのだろう。その後のお島を誰も見ていない。

「口あけ前にふらりとやって来て、飲ませろと言うから飲ましてやりましたよ。こっちも商売ですからね」

「何刻《なんどき》ぐらいのことです？」

お杏が訊くと、良吉は煙管から口を離して低い天井を仰いだ。

「暮六つの鐘が鳴る前だったから七つ半（午後五時）頃だろうなあ」

「ふうちゃん、若旦那がお島さんの家に行ったのはいつ頃？」

「やっぱり、それぐらいの時刻ですよ。その日は若旦那がお島の所に行く日だったそうですよ。お島はここで一杯引っ掛けて、その勢いで家に戻ったんでしょう」

「素面《しらふ》じゃ若旦那の話は聞けなかったのね。お島さん、若旦那が別れ話をするの、察していたんだわ、きっと」

「そうかも知れねェなあ。親父、どう思う？」

「さてね、おれは女の気持ちなんざ、よくわからねェ質《たち》なもんで……ただね、盛んに畜生、畜生と吠えていたな」

「ご主人、その時、お島さんは鍵のような物を持っていませんでしたか？」

「鍵？」

「裏口を開ける鍵ですよ。家を留守にする時は鍵を掛けるじゃないですか？」

「どうだったかなあ。うちに来る時は何も持たず、ふらりとやって来るから、鍵のことは、ちょいと気がつかなかったなあ。袂《たもと》にでも入れていたんだろうか」

「近所の人の話だと、お島は近くなら鍵なんざ掛けずに出かけることが多かったらしいですぜ」

風松は飯台の上に置いてある竹筒に入った箸をいじりながら言った。

「ここも近くだから鍵は掛けなかったんじゃねェのかい？」

「普段はろくに掛けなかった鍵が掛かっていた……ふうちゃん、やっぱりおかしいわね。若旦那以外にお島さんの所に通っていた人はいないのかしら」

お杏がそう言うと、良吉は下駄をカランと鳴らして煙管の灰を流しに落とした。

「あんなふうになった女、誰も相手にしねェよ。駄目、あれはもう、からっきし駄目」

良吉は決めつけるように言った。


「鍵がこの事件の鍵ね？」

「ほたる」を出てからお杏は風松に言った。

「お杏ちゃん、洒落《しゃれ》を言ってるつもりですかい？」

風松はにやりと笑った。

「こんな時に洒落を言ってどうなるのよ」

「全く、先生はどうなっちまったんだろうなあ。帰って来ないつもりじゃないだろうな」

「あたしよりいい女ができたら帰って来ないかも」

「そんなこと、ある訳ねェですよ。誰があんな蛸坊主」

「あら、ひどい！」

「いや、ちょいとものたとえで」

風松は真顔で腹を立てた様子のお杏に慌てて言った。

「ねえ、ふうちゃん。夫婦って何んだろうね」

提灯掛横丁を抜けると、陽射しがまともに二人に降った。横丁は仄暗い通りだったから、なおさら陽射しが眩しく感じられた。

「普段は一緒にいるのが当たり前だから、鼾《いびき》がうるさいの、御飯の仕度が面倒だのって思っていたけど、こんなに長くいないと、あたし何んだか身体が半分、空《から》っぽになった気がするのよ。おかしいでしょ？」

風松は薄い顎鬚を撫でながらにやにや笑っている。骨に皮膚が貼りついたような小さい顔だが、毎度のお見廻りでこんがりと渋皮色に灼けていた。くるりと丸い眼は存外に睫毛が長い。

「だから、畑違いなのに首を突っ込んだりしたいのね。あの人のしていたことと少しでも繫《つな》がっていたいのよ。それに、お島さんの気持ち、あたし、よくわかる。あたしは産婆の仕事があるからまだいいけど、お島さんはお酒を飲むより他にすることがなかったのよ」

「お杏ちゃんは産婆をしていなくても、お島のようにはなりやせんよ」

「そんなことわからない」

「お杏ちゃんは先生の実家で飯を喰っているんでしょう？」

風松は話題を変えるように訊いた。

「ええ。お義母さんが来い来いと言ってくれるから」

「姑さんと一緒じゃ気詰まりじゃないですか？」

「どうして？」

「そのお……嫁姑のことで色々と。先生のおっ母さんは、あれで結構きつい人らしいから」

「うちの婆ちゃんよりましでしょう？」

「そりゃま、そうですが」

「ふうちゃんの所もお弓ちゃんとおばさん、色々あるの？」

「ありますよ。おおあり。お弓がおっ母さんのことをごちょごちょ言えば、おっ母さんもお弓のことをああだ、こうだ。あっしはどちらにも加勢できねェんで弱っていますよ」

「お弓ちゃんは実家のおっ母さんがいるから、どうしても比べてしまうのよ。実のおっ母さんがいいに決まっているでしょう？　あたしは実のおっ母さんの味を知らないから、亀島町のお義母さんのこと、皆んなもこんなものだろうと思うだけよ」

「そいつは倖せなような、不倖せのような、よくわからねェなあ」

「いいのよ、人のうちのことは」

お杏はそう言って、思いっ切り、風松の背中をどやした。

六

上総屋の若旦那、清兵衛《せいべえ》は小伝馬町の牢屋敷に送られることもなく、間もなく解き放しになった。

腑に落ちないお杏は、そのことをしつこく風松に訊ねると、清兵衛には、どう考えても、お島を殺さなければならない理由がなかったからだと言った。

不審な様子もないのに徒《いたず》らに牢に収監したりするのは町奉行所の威信に関わるということらしい。いずれ改めて清兵衛はお白州《しらす》で町奉行の吟味を受けることになる。

それまでは自分の店で待つことになったのだ。奉行所の采配をもっともと感じながら、相変わらずお杏は裏口の鍵にこだわっていた。それは喉に刺さった小骨のようにもどかしかった。

それから何度か、お杏は日本橋の上総屋書店を覗きに行くことがあった。清兵衛の様子が気になったのだ。

清兵衛は店を空けていた間の溜まった仕事を片付けようと、大番屋から戻った翌日にはもう、番頭を伴にして出かけていた。戯作者や絵師の所へ催促に行ったのだろう。

夜は夜で、衣裳を着替えてまた出かける。

寄合やら得意先の接待も清兵衛には大事な仕事の内だ。格別男前ではないが、唇をきゅっと引き結んだ顔は男らしい。いかにもやり手の絵草紙屋の跡取りという感じがした。

お杏は清兵衛にも直接、お島の話を聞きたかったが、書店の店先では切り出せなかった。

店で本を物色する振りをしながら清兵衛の表情を窺うのが精一杯だった。

清兵衛はお杏と眼が合えば愛想のよい笑顔を見せた。お杏は低く頭を下げる。店にいる時の清兵衛は番頭と同じ木綿縞の単衣《ひとえ》に前垂れをつけていた。出かける恰好とは別だった。店に来る客は貴賤貧富様々なので清兵衛は気を遣ってそんな形《なり》をしているのだろう。商売に長《た》けている者は細かいところに気を遣うものだとお杏は思った。

その日も午前中に気になる妊婦の所を廻ったお杏は上総屋に足が向いていた。ついでにおもしろそうな本を求めることもあった。

正哲がいないので、本でも読まなければ時間を持て余してしまう。

店前に貼り出してある広告を眺めてからお杏は上総屋の店に入った。店内に設《しつら》えてある棚には黄表紙や読本が並んでいる。

手代や番頭が「おいでなさいませ」と一斉に声を掛けた。棚の後ろは店座敷になっていて、そこには高価本がうやうやしく飾られている。手代の一人が僧侶らしい男に大判の画集を勧めていた。ちらりと覗いてお杏は顔を背《そむ》けた。極彩色のそれは枕絵であった。

胸の動悸を抑えて、慌てて傍を離れると清兵衛がこちらを見ていた。

「お客さま、何かお捜しでございますか？」

「いえ、ちょっと立ち寄ったひやかしでございますので、どうぞお気遣いなく」

「ひやかしとご自分でおっしゃることもございませんでしょう。ささ、こちらで少しお休みになりませんか？　先日より度々のお越しでございますのに、ご挨拶が遅れて申し訳ございません」

清兵衛は如才なく帳場の傍にお杏を促し、手代に茶の用意を言いつけた。お杏は枕絵を見た緊張が解けない内に、別の緊張を覚えた。

「お客さまのお住まいはお近くでございますか？」

冷えた麦湯が運ばれて来ると、清兵衛はお杏に勧めながらさり気なく訊ねた。商売用の柔らかい言葉遣いだ。お島を前にしては甲走《かんばし》った声を上げることもあっただろう。あるいはその昔、歯の浮くような甘言も囁いたはずだ。

公私を区別して生きて行くのが大人である。

だが、目の前の清兵衛に「私」の部分を想像することが難しく思えた。

「あたしは八丁堀の地蔵橋に住んでおります。産婆をしている者です」

「ほう、その若さで。大したものでございます」

清兵衛は感心した声になった。

「お、お、おぐしが丸髷《まるまげ》ということは御亭さんがいらっしゃるということでしょうか。いや、これは余計なことを」

「いいえ。おっしゃる通り、亭主持ちでございますよ」

清兵衛はすばやくお杏の素性に探りを入れている。この間から自分の周りをちょろちょろするお杏が気になっているのだ。

「御亭さんは何んのご商売を？」

「奉行所の検屍役をしております」

お杏は清兵衛の顔色を窺いながら恐る恐る言った。

「おろくの？　美馬先生ですか？」

「はい」

清兵衛の顔から自然に笑みは消えていた。

「美馬先生はご旅行中とか……」

「はい」

「そのせいで、この度はわたしもずい分迷惑を被りましたよ」

清兵衛の言葉に刺《とげ》が感じられた。

「申し訳ございません」

「あなたもご存知なんですね、お島のこと」

清兵衛は幾分、声をひそめて訊いた。

「はい」

「それでまだ、わたしを疑いの眼で見ておられるのですか？」

「いいえ。ただ……」

「何か？」

「鍵のことがどうしても引っ掛かって」

「だから、それは大番屋でも何度も話しましたよ。裏口には鍵が掛かっていましたよ、確かに。わたしは後から風松親分の目の前で合鍵を使って開けたんです。お島を見つけた時は雨戸を外して中に入りましたがね。その鍵はいつも持ち歩いている訳じゃない。番頭に言って店から持って来させたんですよ」

「じゃあ、お島さんが持っていた鍵はどこにあるのでしょうか」

「知りませんよ。いつもは裏口の傍に植木鉢をさかさまにして、その中に隠していたんです。でも、わたしが風松親分と一緒に行った時は、その植木鉢も鍵もありませんでした」

「若旦那はお島さんが亡くなっているところをごらんになっていますよね？」

「おお嫌やだ。思い出させないで下さいよ」

「申し訳ありません。若旦那もお島さんが殺されたと思いました？」

「夜中に枕許に立つんですよ。若旦那、若旦那って……死んだ後まで執念深い女なんですよ。わたしは殺されたと思っていますよ」

「でも、若旦那が檀家になっているお寺にお島さんを弔っていただいたそうで、あたし、少しほっとしましたけれど」

「投込寺《なげこみでら》に運ぶのは忍びなかったんですよ。もう、十年以上の付き合いですから。坊さんにお経を上げて貰ったら迷っていたお島も収まってくれるでしょう」

「お島さん、若旦那のこと心底思っていらしたんだと思います。若旦那の気持ちが遠退《とおの》くのが怖かったんですよ。それでお酒を飲んで自分を騙《だま》していたんです。あの日だって、お島さんは若旦那が別れ話をなさるの、何んとなく察していたと思いますよ。そのおつもりでしたでしょう？」

「ええ、おっしゃる通りです。もうわたしはお島を庇《かば》い切れなくなっていたのです。話をしようにも素面《しらふ》でいた例《ためし》がなくて……それで無理やり冷たいことを言って置き去りにしてしまいました。こうなってみると、あれも不憫《ふびん》な女だと思いますよ。だが、いずれ、こういうことは起こったでしょうね。若気の至りでお島を囲《かこ》い者《もの》にして、いそいそ通っている内はまだよかった。父親が年寄りになって、商売がわたしの肩にのし掛かって来ると、そうそうお島の所へは行けなくなった。するとお島は、どうしたどうしたと矢の催促ですよ。女房もいるというのにねえ」

「若旦那はお島さんが重荷になってしまったのですね？」

「そうかも知れません」

「あまり女の方が思いを掛けるのは駄目なものかしら？」

それはお島のことより自分の問い掛けのようにお杏は清兵衛に訊ねていた。

「どうでしょう……でも、美馬先生なら、そんなご心配はいりませんよ」

清兵衛は悪戯っぽい表情でふっと笑った。

「これで鍵のことさえ方《かた》がついたら、あたしもすっきりするのですけど。うちの人がいないせいで吟味に手間取って、若旦那にもご迷惑を掛けたことですし」

「いえいえ、もうそんなことは。ところで、わたしはいずれ、あの家を壊そうかと思っているんですよ」

「まあ、もったいない」

「もったいないことはもったいないのですが、ああいうことがあった家ですから、人に貸そうにもなかなか……それでですね、一旦、家を壊して更地《さらち》にして、改めてどうするか考えますよ。その時に庭を丹念に調べて、なくなった鍵も捜してみましょう。お島にせよ、誰にせよ、掛けた鍵は用なしだから持っていてもしようがない。そこら辺に捨てていると思いますがね」

「そうしていただけますか？」

お杏の顔が明るくなっていた。

「はい。鍵が見つかったら、すぐに風松親分に知らせますので」

「ありがとう存じます。ああこれで少し胸がすっきりしたような気がします。若旦那、何かおもしろい本はありまして？」

「読本ですか、黄表紙ですか？　それとも洒落本ですか？」

「お腹を抱えて笑えるようなのが読みたいんですよ」

「はいはい。それでは、今売り出し中の若い戯作者のものはいかがでしょうか。挿画の絵師もなかなか腕がよろしいのですよ」

清兵衛は途端に相好《そうごう》を崩し、商売人の顔で、お杏に品物を勧めていた。

七

上総屋に行った日から三日ほど経った朝に、茅場町の「鷺床」の亭主が血相を変えてお杏を呼びに来た。

女房のお駒が厠《かわや》で転んだというのである。

それを聞いてお杏も顔色を変えた。お駒は以前に一度、流産している。せっかくできた子が、また流れるのだろうかとお杏は焦《あせ》った。

あまり何度も流れると、身体にそういうくせがついて、まともに子が産めなくなる場合もあった。

お杏は手早く着替えを済ませると、顔も洗わず鷺床に向かった。

お駒は蒲団に横になっていた。お杏の顔を見ると安心したように少し笑った。

「大丈夫？　お駒さん」

お杏はお駒の傍に座り、そっと手を握った。

「お腹は痛くない？　裾から血が出ていない？」

「さっきまでお腹が突っ張ったような感じがしていたのですが、もう落ち着いたようです。厠のお掃除をしていて、うっかりして足を滑らせたものですから、気が動転してしまったんですよ」

「気をつけて貰わないと困るわ。今が一番肝心な時ですからね。ここを乗り切ると赤ちゃんも落ち着いて育ってくれますから」

「ええ、ええ」

どうやら大事はなさそうだ。お杏は「よかった」と言って握った手に力を込めた。

「この間、客に厠を使わせたら、どうした按配《あんばい》か羽目板を踏み抜いてしまいましてね、しゃがんで用を足しても斜めに傾いて行くような気がするんですよ。釘が抜けたんだな、ありゃ」

呑気な亭主の言葉にお杏はカッとした。

「そんな危ない厠をそのままにしているんですか？」

切り口上になったお杏に、亭主の佐吉は慌てて、申し訳ありやせん、わたしも商売が忙しくてつい……と言い訳をした。

「子供がほしくないのですか？」

お杏は佐吉を睨んで言った。お駒が、「お杏さん、うちの人は悪かありませんよ。あたしがぼんやりだから」と庇うように言った。

「いいえ、親方が悪いの。厠の修理をする手間賃を惜しんで、それでお駒さんに、もしものことがあったら、親方は悔やんでも悔やみ切れませんよ」

「へ、へい。すぐにでも裏の大工に頼んで直しますよ」

「本当ね？　すぐによ」

そう言われて佐吉は慌てて外に出て行った。

「お駒さん、厠がもとに戻るまで、お掃除はやめてね」

佐吉が出て行くと、お杏はお駒に言った。

厠の掃除をしていれば可愛い子が産まれる、いったい誰がそんなことを言ったのだろう。運動不足を心配した昔の人間が考えついたことだ。狭い厠の中で、前屈みでの掃除は結構、息の上がる仕事だった。どうせなら、朝晩の散歩がいいと言ってほしかった。天気のよい日なら気分も晴れるし足の運動にもなるからだ。

その日も暑い日だった。しばらくお駒の傍にいて額の汗などを拭ってやると、お杏は気になる厠の様子を見に行った。

床屋の店の隅に厠がある。客の便利を考えてそこに拵えたのだろう。杉戸を開けた中は暗く、掃き出し口から外の光が入って来なければ、ろくに切り穴の場所もわからない。夜はほとんど真っ暗だろう。眼を凝らすと、切り穴の周りの踏み板が斜めに傾《かし》いでいるのがわかった。切り穴の前が掃き出し口になっている。

お駒が癇性《かんしょう》に磨き上げるので、臭いはするが、踏み板は思いの外、清潔で黒光りしていた。こんなにぴかぴかならば、つるりと滑るのも無理はない。痩せた者なら、そのまま掃き出し口から外に飛び出してしまいかねない。

尻を丸出しにして掃き出し口から外に人が飛び出る想像をして、お杏はくすりと笑った。だが、次の瞬間、お杏の後頭部がちりちりと痺《しび》れた。

厠の掃き出し口。どうしてそれを忘れていたのだろう。お島の家のことだ。あれは密の部屋でも何んでもなく、厠の掃き出し口という場所があったのだ。

「お駒さん、お駒さん」

お杏は慌てて奥の部屋に戻ると、横になっているお駒を見下ろした。

「御旅所の裏に住んでいたお島さんのこと、知っているでしょう?」

「ええ。お気の毒に、この間、亡くなっちまった人でしょう?」

「その人、見たことある?」

息荒く訊ねるお杏に、お駒は何事かと上半身を起こした。

「道で擦れ違うだけでしたけれど、覚えておりますよ」

「ひどく痩せていなかった?」

「痩せていましたけど……」

「たとえば、厠の掃き出し口があるでしょう？　そこをお島さんがくぐって中に入ろうとしたら、できそう？」

「さあ……」

　お駒は呑み込めない顔のまま首を傾けた。

「肝心なことなのよ。しっかり思い出して」

「お杏さんより背は低かったと思います。もしも、お杏さんができるのなら、あの人もできるんじゃないのかしら」

「本当？　あたし、試してみる」

「お杏さん、汚いですよ。着物が汚れますよ」

「いいの、平気」

　お杏は心配顔のお駒に構わず、厠に戻ると中に入り、窮屈な姿勢で掃き出し口の障子を開けた。

　しかし、障子を外して、お杏はためらいを覚えた。幅は半間《はんげん》ほどあるので、それはいいとして、問題は高さである。本当に狭い。

　お杏は着物の裾《すそ》を捲《まく》って、そろそろと足の方から掃き出し口の外に身体を出し始めた。

　踏み板の傾斜が幸いして身体半分は外に出た。帯が邪魔だった。横にずらして、またずるずると外に出る。顎の下まで来た。

ところが頭を引き出す時になって身動きが取れなくなってしまった。頭が掃き出し口の枠に挟《はさ》まって締めつけられた。

脂汗が出た。嫌やだ、どうしよう。素足に外の地面に生えている苔《こけ》の感触が湿っぽい。ああ、神様、仏様。眼を瞑《つむ》って呼吸を調え、顎を引き、顔を横向きにすると、ようやくほんの僅かの隙間ができて頭がするっと抜けた。

お杏は厠の外で深い溜め息をついた。目の前は隣家の塀であった。誰にもその恰好を見られなかったのが幸いだった。

しかし、お島はこんな思いをして厠の掃き出し口から入ったものだろうかと、お杏は思った。

お杏は外を廻って鷺床の店前に戻った。

「どうしたんです、お杏さん！」

佐吉が呆れた声で訊いた。弟子の春吉もお杏の恰好に驚いて剃刀《かみそり》を研ぐ手を止めた。

佐吉は大工の家に修理を頼んで、すぐに戻って来たらしい。春吉は十五歳で、鷺床に弟子に入って三年ほどになる。客の頭はまだやらせて貰えず、もっぱら下働きのようなことをしていた。お杏は佐吉よりも春吉が自分に向けた眼に羞恥《しゅうち》を覚えた。お杏の頭はぐずぐずに崩れ、帯は横にずれ、着物の前もはだけ、しかも裸足だった。

春吉は悪いものでも見たように眼を背けた。

「余計なことですけどねえ、いくら先生がいないからと言って、あんまり恰好を構わな過ぎやしませんか？」

佐吉はお杏を土間口に引き入れながら言った。

「いえね、これには訳があって……」

「春、お杏さんに濯《すす》ぎの水を取ってやれ」

佐吉はすぐに指図した。弟子に対する佐吉の態度はなかなか男らしい。春吉は「へい」と応えて、井戸に走った。

「お杏さん、本当に厠から出ちまったんですか？」

よろよろとお駒が出て来て、心配そうにお杏に訊いた。

「あ、お駒さん。まだ寝ていなきゃ駄目よ」

「ええ。でも気になって……」

「何んだい？　どういうことだい？　厠から出たって？」

佐吉の細い眼が大きく見開かれた。店には幸い客はいなかった。晦日《みそか》も近いので、呑気に油を売る客も、たまには真面目に仕事をしているのだろう。お杏は春吉に濯ぎの水を取って貰うと、汚れた足を洗いながら、お島の経緯《いきさつ》を話した。それを聞いて佐吉はさらに驚いた顔をした。

「お杏さん、よくもあんた、あすこから出たもんだ。あすこは普通の掃き出し口より狭く造ってあるんですよ。一寸までは違いませんがね、その半分は狭いはずですぜ」

厠から出たと聞いて春吉は噴き出すように笑った。

「春ちゃん、内緒よ。人に言っちゃ駄目よ」

春吉は涼し気な眼を盛んにしばたたいた。

春吉も風松と同じで、緊張したり興奮したりすると眼をぱしぱしやるくせがあった。

「言いやせん」

低い声でそう言ったが、お杏は当てにならないような気がした。

「親方、それじゃ、お島さんの家の厠ならここより楽に出られるでしょうか？」

春吉に濯ぎの礼を言うと、お杏は店座敷に上がって佐吉に訊いた。お駒が佐吉に寄り添うように座った。似合いの夫婦という言葉があるのなら、二人は全くその反対だった。とぼけた表情の佐吉に対し、お駒は細面のなかなかの美人だった。しかし、この夫婦は人も羨むほど仲がよかった。

「わたしはお島さんの家の厠までは覗いたことはありませんがね、表の構えから見ると、うちと違ってまともに造ってあるでしょうよ。何しろ、上総屋さんの思い者だった人の家ですからね。うちは客のことを考えて無理やりあすこに拵えたんで、大工の都合だか、間取りのせいだか、あんなふうになっちまったんですよ」

佐吉がそう言うと、お杏は自分の推理に間違いないと確信して、ようやくほっと笑顔になった。

「しかし、何んだね。鍵を掛けて、それから厠から入って自害したってかい？　へ、あの女は頭がおかしくなっていたんだね」

「そうかも知れませんね。お島さんにとって上総屋の若旦那は親方のように実《じつ》を尽くしてくれる人ではなかったから、辛くて死にたくなったんでしょうよ」

実を尽くす男と持ち上げられた佐吉は小鼻を膨らませた。お駒は佐吉のそんな表情を見てから、

「お前さん、お杏さんの頭、直してやって下さいな。お杏さんは、おろく先生の代わりにお上《かみ》の御用もしているのですから」

と気を利かせて言った。亭主の操縦方法は心得ている様子である。

「おう、お杏さん、後ろを向いてくれ。髪ィ、直しやしょう」

「それじゃ、お言葉に甘えさせていただきます。ああ、その前に着物を直すわ」

「おおそうだ。そのままじゃ、手ごめに遭《あ》ったように見えらァな」

「あら嫌やだ」

「先生のお留守に妙な噂が立ったら気の毒ですからね」

佐吉は黄ばんだ歯を見せてにッと笑った。

八

佐吉に頭を結い直して貰うと、お杏はお駒にしばらく休んでいるように念を押して鷺床を出た。その足で、まっすぐに本八丁堀町の自身番に向かった。風松に会うためだった。

自身番の戸は開け放され、風松が深町又右衛門と中間の芳三《よしぞう》と三人で話をしているところだった。

お杏の姿を認めると深町は笑顔を消して慇懃《いんぎん》に頭を下げた。どうもお杏は、この深町とは反りが合わないような気がしてならない。

「旦那、お務めご苦労さまです。あの、お島さんのことなのですが……」

そう言うか言わない内に「また、お杏ちゃん！」と風松が露骨に嫌やな顔をした。

「お島のことは自害したということでけりがついたんですよ。もう四の五の言わねェで下さいよ。あっし等も忙しいんですから」

風松の言葉に、お杏はむっとした。しかし、怯《ひる》まず言葉を続けた。

「ええ、確かにお島さんは自害して果てましたよ。それに間違いはありません。でも、裏口の鍵のことはわかったのですか？」

「お内儀」

深町は上唇を舌で湿すとお杏に向き直った。

「お島の事件は自害か殺しか、我々も大いに迷いました。先生がいらしたら、こんなことはとっくに解決したことでしょうな」

「申し訳ありません」

お杏は殊勝に頭を下げた。それを言われては立つ瀬がない。

「いやいや。しかし、先生がいないからと言って事件は待ってはくれぬ。我々はお島のことばかりに関わっておられぬのです」

「はい、おっしゃる通りです」

「お島が自害したことは納得されておられるのですな？」

「はい、さきほどそれがわかりました」

「さきほど？」

「はい、さきほどです」

「ほう、これは異なことをおっしゃる。とくと説明していただきましょうか。その前に拙者の話を先に聞いていただきましょう。もしも、自害ではなく、お島が殺されたとしたなら下手人は誰になりますかな？」

試すように深町は言った。真意が摑めないまま、お杏は「その場合は上総屋の若旦那しかおりません」と応えた。深町は満足そうに肯いた。その表情はお杏を軽くあしらうように見えて不愉快だった。深町の居丈高な態度はお杏の癇に障る。町方役人は誰もが深町のような男とばかり限らないだろうが、よりによって、そういう男と組んでいる正哲が恨めしい。正哲は特に深町の愚痴をこぼしたことはなかった。男同士となればまた違うのかも知れない。

「上総屋清兵衛の様子から殺しの線は出て来なかった。とすると外《ほか》に下手人はいるだろうか。お島にそんな訳ありな人間はいなかった。押し込みが入って殺されたことも考えたが、何も盗られた物はない。何べん疑ってもお島が殺されたという線は不確かなものになっていった。するともう、自害と片付ける外はない。これが我々の結論でござる」

消去法という言葉は知らなかったが、そういう意味であることは理解できた。

深町の痩せた身体は喉仏が突き出ているように見えた。彼が喋る度に、喉仏は上下した。

「深町様、でもそれでは裏口の鍵の説明がなされておりませんね？」

お杏がそう言うと「人のやることに完璧はありません。どんな事件にも幾つかの不審なものは、ついて回ります」と深町は言った。

「うちの人だったら、そんな曖昧なことでは納得しないと思いますよ。人のやったことなら必ず理由があって、それだからこそ結果があるのだと思います。結果はいかにも自害でしょうが、ではお島さんはいかにして自害したか、そこもきっちり落とし前をつけるのが町方役人の務めではないでしょうか」

「お杏ちゃん！」

風松が詰《なじ》る口調でお杏を制した。深町の肉の薄い顔にも僅かに朱が差した。

「ほう。それではお内儀は、その落とし前をつけられるのですかな？」

深町は怒気を押し殺して慇懃にお杏に訊ねた。

「はい。よろしければ……」

「伺いましょう」

「その前に、現場の様子を二、三、お訊ねしてもよろしいですか？」

「何んなりと」

「お島さんの頭は壊れていませんでしたか？」

「そうですな。ぐずぐずに崩れておりました。恐らく自害した時の苦しさでそうなってしまったのでしょう。着物の裾も乱れ、大事な隠し所が丸見えでござった」

深町はお杏の羞恥を誘うように意地悪なものの言い方をした。

「帯も、それではまともに締められてはいませんでしたね？」

「横にずれておりやした」

風松が口を挟んだ。

「ためらい傷は、胸の血があまりにひどいので確かめることはできなかったそうですね？」

「いかにも。胸に突き刺さっていた匕首を見て、拙者は咄嗟に殺しを疑いましたからな。そこに頭が働きませんでした、正直なところ」

深町は少しだけ無念そうな表情をした。

「足の裏はどうでした？　汚れていませんでしたか？」

そう訊ねたお杏に深町と風松は顔を見合わせた。

「足は汚れておりやせんでした。そのお……お島は下駄を履いていましたから」

風松は次第に自信のない口調になっている。

お杏に足許のことを訊ねられ、改めて不審なものを感じたというふうだった。

「下駄を履いて死んでいたんですか」

そんな馬鹿な、とお杏の顔が言っていた。

「いえ、二階の部屋の前に下駄が置いてあったんですよ。何んでこんな所に下駄がと思いやしたが、それよりもお島のおろくのことで頭が一杯になっちまったもんだから、下駄のことは、それきり忘れておりやした」

「ふうちゃん、どうしてそれを早く言ってくれなかったの？　それだけでもお島さんが外から家に入ったってことがわかったじゃないの」

「へい。言われてみればそう思いやす」

深町は風松とお杏のやり取りにいらいらして、懐から扇子《せんす》を取り出すと盛んに顔を煽《あお》ぎ出した。中間の芳三は、そんな深町を不安そうな表情で見つめていた。機嫌が悪い時の深町は、つまらないことで芳三に雷を落とすのだと風松が言っていた。芳三はそれを心配している様子だった。

「いい？　お島さんは上総屋の若旦那が帰った後で自害しようと思ったんですよ。前々から考えていたことじゃないの。その時、ふっとそんな気持ちになったのね。でも、自分を捨てた若旦那には恨みがある。若旦那を少しでも困らせて一矢《いっし》報いたい。それで殺しに見せ掛けるように自害を企てたのよ」

「お杏ちゃん、どうしてお島はそんなふうに考えるんです？　妾だから、そういうことになっても仕方がねェ話だ。若旦那は紙屑みてェにぽいっと捨てる訳じゃねェ。家もやれば当座の暮らしが困らねェように銭も渡すって言ったはずですぜ。お島はそれを元手に何か商売でも始めたらよかったんだ」

「でも、お島さんにはそれができなかった」

「何故？」

深町は解《げ》せない表情でお杏に訊ねた。

「酒毒で身体にも自信がなかったし、何より、心底若旦那に惚れていたからですよ。お酒を飲むのも若旦那に振り向いてほしいから。そんなに飲んでどうすると叱られるのが、お島さんは嬉しかったんですよ。ちょうど、小さい子がおっ母さんの気を惹《ひ》きたくて、わざと悪さをするような……おわかりになりませんか？」

深町は低く唸っていた。

「でも、若旦那はお島さんの気持ちを知らず、外に女の人を拵えている様子。お島さんは死ぬほど辛い思いをしていたのですよ。匕首で胸を突いた時も苦しかったでしょうが、あたしはその前の方が、ずっと苦しかったと思うのですよ。お島さんは若旦那の他に男なんて考えられない。その証拠に噂になるような人は一人も出て来なかったじゃないですか。若旦那が別れ話をしたということは、お島さんにとって、この世の終わりだったのですよ」

深町はそういう女心には理解が及ばないという顔で扇子を煽いでいたが、その眼は宙に向けられ、扇子の手は時々、止まった。

「お島さんは表の戸を閉《し》め、雨戸も閉《た》てて裏口を出ると外から鍵を掛けたんです。合鍵は若旦那が持っている。そうして自害すれば一番最初に疑われるのは若旦那。お島さんはそこを考えていたはずです。もしも若旦那が下手人となってお仕置を受けたとしても、あの世で結ばれるのですもの、迷うこともなかったんですよ」

「それでお杏ちゃん、お島は裏口の鍵を掛け、いったいどこから家の中に入ったんです?」

風松はそれが肝心とばかり、お杏の話を急かした。

「厠の掃き出し口よ。そこから入って二階に上がったのよ。だから部屋の前に下駄があったんじゃない。気をつけて見たら、きっと下駄の歯には掃き出し口の傍に生えている苔が付いていたと思うわ。厠は大抵、陽の射さない、じめじめした所に多いから、傍には苔が生えるのよ」

「なある……」

風松が感心した声で肯いた。

「しかし、匕首が胸に突き刺さっていたのは、自害としてはいかがなものかの？」

深町はまだ納得できない顔でお杏に訊いた。

自分が矛盾することを言っているのに気づいていない。やはり深町もお島の自害については半信半疑だったのだ。

「お島さん、お酒に酔っていましたよね。それに自害しようとする人間は普通でなくなっていますから、そんな思い切ったことができたんですよ。もちろん、発見された時のことをお島さんは充分に考えてやったんです」

「厠の掃き出し口か……しかし、あの狭い所を本当に入れるものかの？」

深町は扇子を閉じて顎を撫でて言った。

「あたし、試しました。入れます！」

お杏は、ここぞとばかり張り切った声を上げた。

「試した？　お杏ちゃん、あすこで？」

風松が驚いて訊いた。

「ううん、鷺床さんの厠でよ」

お杏がそう言うと深町は甲高い声で笑った。

「さすが先生のお内儀だ。やることがふるっている」

「でもお杏ちゃん、お島の鍵はどうなったんで？」

風松は自分の立場をとっくにお杏に譲ったような顔で無邪気に訊いた。

「それはあたしがあんたに言う台詞《せりふ》じゃないの。そこまでは、あたしだってわからないわ。でも、使った鍵は用なしだから、多分、庭のどこかに放り投げてあると思うわ。近い内に上総屋の若旦那は、あの家を取り壊すそうなの。その時に気をつけて鍵を捜してみるそうよ。見つかったらすぐにふうちゃんに知らせると言ってましたよ」

「お杏ちゃん、若旦那にも話をつけたんですかい？」

「そうよ」

「お前の立場が台なしだの」

深町は愉快そうに笑った。

「深町さん、これで納得していただけましたでしょうか？」

「あい、お内儀。謎は解けました。畏《おそ》れ入ります。これで拙者もお島の事件から、ようやく解放されるというものです。しかし……」

深町は眉間に皺を寄せ、遠くを見るような眼になった。

「女とは難しいものですな」

「そうですよ。甘く見ていると足許を掬《すく》われることにもなりかねないのですよ。深町さんも奥様のこと、お大事になさって下さいね」

「これはこれは」

深町はきな臭い顔でつるりと月代を撫で上げた。

自身番の前を荷を積んだ大八車が通り過ぎた。軒先の向こうに鰯雲《いわしぐも》を浮かべた空が見えた。もう、秋だ。

「あの蛸坊主……」

独り言のようにお杏は呟いた。深町はお杏の横顔を黙って見つめていた。

九

暦《こよみ》は九月に入った。お弓の腹はますます大きい。立つのも座るのも、どうすることもできないという様子である。蒲団から起き上がる時も両手を突いて「どっこいしょ」と、掛け声を入れるそうだ。そんな話を風松はお杏におもしろおかしく語った。

普段のお弓よりひと回りも大きく見えた。腹の子供が少し大き過ぎることをお杏は心配していた。その様子ではお産になったら苦労しそうである。

お弓のお産の前に、材木町のお熊のお産があった。呼ばれたのは夜中だったが、お熊は朝まで待つつもりだったらしい。

だが、子供を四人も産んでいる経験から、どうも早くなりそうな気がして亭主をお杏の所に呼びにやらせたのだ。

産婆と病人の場合は、夜中でも町木戸は黙って通してくれる。仕度を調えてお熊の住む裏《うら》店《だな》に着くと、お熊は「すみませんねえ、お杏さん」と、気の毒そうな顔で言った。

そう言いながらお熊は、すでにいきみ始めていた。赤ん坊が産道を下りて玉門まで来ていると、そんな状態になる。意識しなくても自然に母親はいきむ体勢になるのだ。

長男の清次は母親のために竈でせっせと湯を沸かしていた。十二歳の清次は父親の虎吉についていて、大工の見習いをしている。

「清ちゃん、感心ね」

お杏が声を掛けると、清次は、はにかむように笑った。下の子供達も夜中なのに起きていた。「赤ちゃん、赤ちゃん」と賑やかである。

「静かにおし！」

お熊は喘《あえ》ぎながらも、時々、気丈に子供達を叱った。亭主の虎吉だけは一番下の女の子を背負い、家の中を出たり入ったり落ち着かない様子であった。

朝まで掛かるかと思ったが、それから一刻ほどで赤ん坊は産まれた。手本になりそうな見事なお産だった。今度も女の子であったが、一町先まで聞こえそうな元気な産声を上げた。

後産《あとざん》を終え、赤ん坊に産湯《うぶゆ》を使わせると、お杏は兄弟のお下がりの産着で包んだ赤ん坊を、お熊の蒲団の横に寝かせてやった。

小さい頭が四つと亭主の頭がお熊の蒲団を取り囲む。

お杏が産婆をしていて、最も幸福を感じる瞬間であった。新しい家族の出現に誰しも新鮮な驚きと喜びを隠し切れない。その顔は皆、光り輝いているように見えた。きっちり握った赤ん坊の拳を開かせようと、下の子供達は赤ん坊の手に触る。赤ん坊はむずかって赤い舌を見せて泣いた。お熊はたっぷりとした乳房を出して赤ん坊の口に含ませた。赤ん坊の口にお熊の乳首は大き過ぎるように見える。

それでも頓着する様子もなく「ほらほら」と、お熊は赤ん坊に含ませた。

「お熊さん、お乳、出る？」

お杏が訊ねると、お熊は一旦、赤ん坊の口から離して乳首をしごいた。蜜柑《みかん》色がかった初乳がたらりと、その先から滴った。

「おいらも飲みてェ」

次男の梅吉が思わず言って、清次に頭を張られていた。お熊は赤ん坊の口に乳首を含ませると、赤ん坊は躊躇した表情を見せていたが、やがて上手に乳首を吸い出していた。お熊は乳がたっぷり出るので後のことは何んの心配もいらない。乳が張って痛がるのを、時々、揉んでやればいいだけだ。

後始末を終えてお熊の家を出ると、夜は白々と明け始めていた。空気もひえびえとしていたが、ひと仕事終えたお杏には、むしろ快い。

海賊橋を渡る頃は朝日がお杏の顔を眩しく照らした。

途中、お杏はお島の家の前を通った。

家はすっかり取り壊され、古い材木が庭の塀の傍に積み重ねられていた。家の跡は黒々とした土があるだけで、もうお島の家がどんな造りをしていたのかさえ、定かに思い出せなかった。

例の鍵は割れた植木鉢とともに庭の隅から見つかった。

しかし、そんなことはお杏には、もうどうでもいいことだった。主のいない庭に赤い曼珠《まんじゅ》沙華《しゃげ》の花が、今を盛りと燃えるように咲いていた。

誰も愛《め》でる者がいないのに花は咲いている。

赤い花は悲しいものだと、お杏はその時、初めて思った。


風松がお杏の家の表戸を叩いたのは、お熊のお産から五日ほど経った夜の五つ半（午後九時）頃のことだった。

野分《のわき》でも来るのか、やたら風が激しく、蒲団に入ったお杏も寝つかれずにいた。

だから風の音と間違いそうな戸を叩く音にも、すぐに気がついた。

「お杏ちゃん、お杏ちゃん」

風松は切羽詰まった声でお杏を呼んでいた。

お杏が起き上がって表の戸を開けると、寝間着のままの風松が立っていた。

「どうしたの？　お弓ちゃん？」

お杏は、すばやく訊いた。

「お湯が、お湯が……」

風松は慌てて言う。

「落ち着いてふうちゃん、水飲む？」

「そんな暇はありやせん。早く来て下せェ。お弓が股ぐらから、お湯を洩らして、あっしは小便洩らしたのかと訊いたら、そうじゃねェと言いやがった。そいで青い顔してぶるぶる震え出したもんだから。お杏ちゃん、早く！」

そう言った風松の寝間着の裾を風が勢いよく捲り上げた。

恐れていたことが現実となってしまった。

早期破水である。

「あたしの言ったこと、守らなかったのね？」

「へ？」

「お弓ちゃんに触らないでと言ったはずよ」

「…………」

風松は自分を睨むお杏の眼を避けて俯いた。

図星であったのだろう。

「人でなし！」

お杏は風松の頰に平手打ちを喰らわせた。

風松は黙ってされるままになっていたが、お杏にぶたれた頰の内側を、舌の先でなぞっていた。

お杏は唇を嚙み締め、奥の部屋に戻ると手早く着替えを済ませた。着物の上には白木綿で拵えた十徳《じっとく》を羽織った。お産の時には血や汚物が撥ねるからだ。十徳は洗濯して、常に新しい物を身につけるようにしている。

いつもはお産のある家に着いてから、それを着ていたが、お弓の場合は一刻を争うような気がしたので始めから身につけた。晒木綿《さらしもめん》や油紙、綿など、お産の小間物が入った風呂敷包みを持つと、上がり框の所で肩を落としている風松に「行くよ」と声を掛けた。

風松に風呂敷包みを押しつけると、お杏は松屋町に向かって走った。

「木戸を開けておくれ。子が産まれるんだ」

お杏が声を張り上げると、木戸番の番太郎は「へーい」と応え、慌てて木戸を開けた。

ついで番太郎は、一町先の木戸番にも声を掛けた。

「産婆のお杏さんが通りやす。木戸、開けてやんなせい！」

「へーい」

風のせいで、その声が切れ切れに聞こえた。

お杏は裾を捲り上げて木戸を通り抜けた。

風松が後に続く。

「がんばって、お弓ちゃん。がんばって！」

お杏は呪文のように低く唱えながら走った。


二の倉屋は灯りが煌々と点《とも》っていた。番頭の伊蔵《いぞう》が店前でお杏を待ち構えていた。

「お弓ちゃんは？」

お杏は荒い息をして伊蔵に訊ねた。

「苦しんでおります。ささ、お杏さん早く！」

表戸の出入り口をくぐった途端にお弓の呻《うめ》き声が聞こえた。お杏はまっすぐに奥の間に向かった。風松が後に続く。襖を開けて中に入ると、お杏は振り向いて風松の手から風呂敷包みを奪い取った。何か言い掛けた風松の目の前で、ぴしゃりと襖を閉じた。

奥の間には蒲団が敷かれ、お弓は寝かされていたが、その様子は、のたうち回っていると言った方が早い。おすがと、知らせを受けて駆けつけた数寄屋町のお弓の母親が、どうしていいかわからないという顔でお弓を宥《なだ》めていた。

二人の母親はお杏が入って行くと、同様に縋《すが》るような眼をしてお杏を見上げた。

「赤ん坊は無事に産まれますでしょうか、お杏さん」

そう訊ねたのはおすがで、お弓の母親のお春は「お弓にもしものことはありませんでしょうか、お杏さん」と訊いた。

実の母親と姑のお産に対するものの考え方は、おのずと違う。

お杏はどちらにも応えず「申し訳ありません。油紙を敷かせて貰いますので手伝って下さいましな」と指図した。二人は急いで腰を上げた。

お弓の重い身体を一旦は蒲団の外にどかし、油紙を敷いた。それから襖を開けて「ふうちゃん、お湯を沸かして。たくさん、たくさんよ」とお杏は怒鳴った。風松は襖の傍で膝を抱えて座っていた。お杏の剣幕に驚いて、風松は慌てて台所に走って行った。

準備ができるとお杏は二人の母親も部屋から追い出した。

「苦しい！　助けて、死ぬ、死ぬ……」

お杏は暴れるお弓の身体の上を跨ぐように立って、その肩を摑んだ。

「お弓ちゃん、苦しいのはわかるわ。でもね、お腹の赤ちゃんも苦しいのよ。あんたが暴れると赤ちゃんはもっと苦しくなるのよ。ここは辛抱して、お願い」

「嫌や、嫌や！　赤ん坊なんていらない。どうして女だけが、こんな目に遭わなきゃならないのよ」

それがお杏のせいでもあるかのように、お弓は下からお杏を睨み、摑まれた肩を払った。

「わかったわ。ようくわかったわよ。じゃあ、この赤ん坊、あたしが貰うことにするわ」

お杏は桶の水で手を洗い、焼酎で消毒すると、お弓の裾を捲った。子宮口はとうに開いていた。羊水が潤滑油の働きをして、赤ん坊が一緒につるりと出て来るものだが、破水してしまったお弓のお産は少し厄介なものになった。

お弓は獣《けもの》のような声を上げて呻いた。そんな声を上げる妊婦は滅多にあるものではなかった。お杏の祖母だったら平手打ちを喰らわすところだろう。

おすがはきっと後で嫌味を言うに違いない。

みっともないったらありゃしない。あの声は何んだえ？

しかし、その時のお弓は姑のことに頓着する余裕はなかった。早くこの苦しみから解放されたい。それだけだった。あまり興奮状態が続くと、赤ん坊どころかお弓の身体も危うくなる。お杏は洞哲の顔をふと脳裏に浮かべていた。場合によっては義父の力に頼ることも考えていた。しかし、義父とて、赤ん坊を引き出さないことには、その後の手当はできない。お杏の踏ん張りどころだった。

やがてお弓は、いッ、いッと、いきみ始めた。

赤ん坊が玉門まで下りて来たのだ。恐ろしいような呻き声は鳴りを鎮めたが、反対にお弓の意識は朦朧《もうろう》となっていた。

「お弓ちゃん、しっかりして。産まれるのよ。お弓ちゃん！」

お杏はお弓の頰をピシャピシャと叩いて励ました。お弓は、それでもうんうんと肯いていた。

材木町のお熊だったら、それから訳もないことだった。呼吸を調えて赤ん坊が出て来るのに合わせて、いきむからだ。出産の経験のないお弓はその呼吸がわからない。

「無闇にがんばらないのよ。痛みが来た時に、ぐっとお腹に力を入れるの。その外は、はあはあ息を吐くだけにして」

「お杏さんなんて……子供も産んだことないくせに、勝手なこと言わないで。この苦しさなんてわかりもしないくせに」

普段と全く違うお弓の言葉だった。いちいちお杏は、それに腹を立てたりはしない。苦しさのやり場がなくてお杏に八つ当たりしているだけなのだ。人によっては亭主に怒りを表す女房もいた。全くお産は人それぞれである。

「あたしがお産になったら、どうぞ教えて下さいな」

「嫌やなこった。誰が、誰が……痛ッ、痛タタ……お前さん、助けておくれ」

赤ん坊の頭が見えているのに、なかなかそこから先へ進まなかった。このままでは赤ん坊は呼吸できなくなってしまう。

お杏はお弓の腹の上に馬乗りになって下腹を押した。ようやく赤ん坊の頭が抜けた。お杏は両手を差し入れて赤ん坊を引き出した。

その時、ふと、鷺床の厠の掃き出し口から出たことをお杏は思い出していた。頭を出すのが至難の業だった。狭い場所は頭が抜ければ身体も抜けるという理屈なのだろう。

赤ん坊は出て来たが、どうした訳か産声を上げなかった。お杏のうなじを冷たい感覚が一瞬、通り過ぎた。

「泣かないわ、お杏さん、泣かないわ」

お弓が上半身を起こして叫んだ。赤ん坊が出た途端、それまでの苦しみは嘘のようになくなるのが、お産の不思議だった。それは多分、傷つけられた痛みとは違う種類のものだからだろう。

「静かにして！」

お杏はわめくお弓を制した。赤ん坊の口に息を吹き入れてみても、死んだ虫のようにぴくともしなかった。臍の緒をつけたまま、お杏は赤ん坊の両足を摑み、逆さ吊りにして尻を叩いた。

お弓はその様子に涙をぽろぽろこぼした。

尻を叩かれている赤ん坊が不憫でならなかったのだ。

ふにゃあ、か細い声がようやく聞こえた。ついでコホコホと年寄りのように咳き込むと、赤ん坊はついに堰《せき》が切れたように激しい泣き声を上げた。お弓はわッと泣いた。

「まだ泣くのは早いわよ。もうひと仕事あるんだから」

お杏は臍の緒を切ると、傍に拡げてあった襤褸《ぼろ》布の上に赤ん坊を寝かせた。股間に小指の先ほどの陰茎をくっつけた男の子であった。

赤ん坊は四肢を縮めて盛んに泣いていた。

お杏はお弓の臍の周りの肉を抓《つね》った。お弓がまたいきんだ。今度はあっという間に終わる。胎盤が出て来る後産である。

消毒をして、青梅綿《おうめわた》に京花紙を被せたもので悪露《おろ》の手当を済ますと、お杏はようやく赤ん坊に向き直った。悪露は子宮の中に残っている粘膜や血液のことで、産後しばらく続く。この期間も病気の感染をしやすいので、風松にはくれぐれも閨《ねや》を控えるように言わなければならないと思った。

「お杏さん、早くお湯に入れてあげて。赤ちゃん、風邪を引くわ」

お弓はもう母親の顔で心配している。お杏は振り向いて笑顔を見せた。

「大丈夫よ。どういう訳かしらね、産まれ立ての赤ん坊は、しばらく放っといても風邪なんて引かないのよ。おっ母さんの後始末が済むまで待ってくれるということかしらね」

そう言うとお弓は安心したように笑った。

「赤ちゃん、いらないって言ったの、だあれだ？」

お杏は悪戯っぽくお弓の顔を覗き込んだ。

「お杏さん、意地悪……」

「お弓ちゃん、おめでとう。これであんたも、おっ母さんよ」

「ええ、ええ。お杏さん、色々ありがとうございます。つまらないこと言って困らせてごめんなさいね」

「いいのよ、そんなこと。お産の時は誰でもそうよ。さあ、あんたはゆっくり休んでちょうだい。お腹、空いていない？」

「ぺこぺこ。おっ母さんに、おかかの入ったおむすびが食べたいと言って」

「はいはい。数寄屋町のお婆ちゃんの方にですね？」

「数寄屋町のお婆ちゃん？　おっ母さん、怒らないかしら」

「この子のお婆ちゃんでしょう？　ふうちゃんのおっ母さんは松屋町のお婆ちゃんよ」

「そうね、そうなのよね」

お弓は確かめるようにそう言うと、赤ん坊の顔を愛おし気に眺めた。

「さあさあ、きれいにしてから、またおっ母さんに見て貰いましょうね？」

お杏は赤ん坊を抱えると部屋を出た。

おすがが部屋の外で待ち構えていた。

「お杏さん、後はわたい等がやりますよ」

「あら、でも産湯を使わせるのもあたしの仕事なのですけど……」

「何度もやったことがありますよ。お臍に気をつけたらいいのですね？　お湯から上げたら消毒して晒《さらし》の小ぎれを被せて……お春さんも心得ていますよ」

「そうですか？　それじゃお願い致します」

「はいはい。やらせていただきますよ。まあ、何んて男前なんだろう。風松の小さい頃と瓜二つだ」

おすがはいそいそと赤ん坊を受け取って台所に連れて行った。お杏も台所までついて行って、お春に握り飯を拵えるように言った。

お春は赤ん坊の顔を覗いて「まあ、お弓の赤ん坊の頃とそっくり」と昂《たか》ぶった声を上げた。どちらの母親も身贔屓《みびいき》が強かった。

風松は悲鳴のような歓声を上げて、二人から睨まれた。お杏に苦笑が出た。

産湯を使わせ、真新しい産着に包まれた赤ん坊に家族が見入っている間、お杏はそっと部屋を抜け出して裏口の外に出た。

裏口の外には井戸があった。周りに空き樽が幾つも積み重ねられている。釣瓶を落として水を汲み、お杏はゆっくりと手を洗い、ついでに顔も洗った。水の冷たさが季節を感じさせる。

手拭いで顔を拭き、汚れた十徳を脱ぎながら空を仰ぐと、陽はすでに頭の上にあった。思わぬほど時間が掛かっていたことに、その時、初めて気づいた。お杏は途端にがっくりと疲れを覚えた。

家に戻り、一刻も早く蒲団に入りたかった。

その日は不意のお産がないことを祈りたい。

ただただ、眠りたかった。

飯を食べて行けと勧める風松に、お杏は首を振り、お産に使った荷物をまた風呂敷に包むと、風松の家を出た。

世間様は子が産まれようが、死人が出ようが、お構いなしに動いている。棒手振《ぼてふ》りの青物売りは「芋、芋。青菜に大根」と威勢のよい声を張り上げ、お杏の横を通り過ぎた。

商家の手代らしいのは荷物を背負って急ぎ足である。路地では子供達が石蹴りに余念がない。通り過ぎた木戸で、お杏はお産の首尾を訊ねられた。

「男の子が産まれましたよ」

そう応えると、番太郎は「風松親分もお父っつぁんか。餓鬼が餓鬼を拵えたようなもんだね」と、つまらない冗談を言った。

子供が産まれたら、正哲は名付け親になってほしいと風松から頼まれていた。だが、こうなれば間に合いそうもなかった。

昨夜の野分のような風は収まったが、それでも顔を嬲《なぶ》る風は、少し強かった。

「もう、諦めちまったよ……」

風に吹かれながら、お杏は呟いた。

諦めたのは正哲が戻って来ることか、それとも正哲自身をか。恐らく両方の意味があったのだろう。寂しさに涙ぐむことはなくなったが、胸の中に空洞ができて、そこを風が吹き抜けるような気がする。

亭主にこれほど惚れていたのだろうかと、お杏は今更ながら思う。一緒になってすぐの頃は正哲が怖かった。何を考えているのかよくわからなかったせいだろう。洞哲を慕っていたから、その息子なら、きっとよい人に違いないと思って言う通りにしただけだ。

正哲と差し向かいで晩飯を食べながら、自分はどうしてこの男と、こんなふうに晩飯を食べているのだろうと不思議に思うことが何度もあった。祝言を挙げたから、所帯を持ったからの理屈ではなかった。

一緒になるまでは気にも留めたことのない男と寄り添って暮らしていることが不思議で堪まらなかったのだ。それを宿命だの、巡り合わせだのという言葉で片付けていいものかとも思っている。

正哲はお産のことをお杏に色々と訊ねた。

特に、いよいよ出産となった時の子宮口の変化に興味を示した。赤ん坊に合わせるように子宮口が自然に拡がることを素晴らしいと言った。素晴らしい……そんな言葉を遣った人間は初めてだった。正哲は人間の身体が天然自然に適《かな》った働きをすることに、この上もなく感動する男であった。

『生れ生れ生れ生れて生の始めに暗く、死に死に死に死んで生の終りに冥し』

空海の言葉が重くお杏にのし掛かっていた。

生まれ死ぬために人は今を生きるのだと。生まれる前も死んだ後も、ともに闇の中。今だけが光に満ち溢れている刻《とき》だからだ。

正哲を慕っている今の自分だけが真実のありようだった。他には確かな何ものもない。

お杏はおぼつかない足取りで地蔵橋に向かっていた。

十

昨夜、慌てて飛び出したので戸を閉めるのを忘れたらしい。表戸が開けっ放しだった。盗られるような物は何もなかったが、後から出た風松に、お杏は腹が立った。

全くあの男は、人の言うことを利かない男だと思った。

癇性に戸を閉めると、茶の間に団十郎縞の浴衣が動いた。まさか、とお杏は眼を凝らした。お杏の胸が騒いだ。カッと頭に血の昇るような気がした。

「あんた!」

「おう」

振り向いた正哲は湯屋から戻ったような顔で笑った。実際、湯屋から戻って来たところだった。陽に灼けていたが、つるりと光った顔をしている。

「お産か?」

正哲はお杏の風呂敷包みを見て訊いた。ひと晩、家を空けて、どこに行っていたのかとは詰《なじ》らない。そんなことはわかり切っていることだ。

「ふうちゃん、男の子が産まれたわ」

「ほう、そいつはめでてェ」

「何がめでてェよ」

お杏は風呂敷包みを土間にすとんと落とすと、ぶつかるように正哲の胸に飛び込んだ。

お杏は正哲の厚い胸板を拳で叩いた。

「今まで何してたのよ、馬鹿、馬鹿!」

正哲はお杏の拳を嬉しそうに避けながら、

「華岡先生がなかなか放してくれなくてな、美馬先生、美馬先生とうるせェくらいだったのよ。おれな、麻沸散を使って実際に手術もして来たぜ。他の医者は宿屋に泊まって教えを受けていたが、おれだけは母屋に泊まっていたんだ。腑分けの腕が役に立ったってことだな、うん。華岡先生の弟子達も、美馬先生、美馬先生と下へも置かない扱いをしてくれたぜ」

と得意そうに言った。

それがどうした、とお杏は思った。この三ヵ月の間、自分のことは忘れていたのかと腹が立つ。お杏はなおも正哲の胸を叩いたり、腕を齧《かじ》ったりした。

痛ェ、痛ェと大袈裟に顔をしかめながら正哲はお杏の身体を抱え直した。

「お杏の匂いがするぜ。ありがてェなあ。産まれ立ての赤ん坊の匂いもするぜ。へへ、乳くせェ」

「亀島町のお義父さんの所に行って来た？」

「ああ、ちょいと顔を出して来た。明日の夜は兄者達も呼んで、一緒に酒でも飲むかと張り切っていた。おっ母さんなんて泣くんだぜ。よく無事に帰って来たってな」

「待っていたのよ、ずっと……」

気丈なおきんは口とは裏腹に涙もろい女だった。あたしも待っていたのよ、そう言おうとしたお杏の唇を正哲が塞いだ。そのまま畳に押し倒された。

「何よ、帰って来たばかりなのに」

お杏は下から正哲を睨んだ。

「いいじゃねェか、久しぶりなんだからよ。湯に行って、ちゃんときれいにして来たぜ」

そういう問題ではないだろうとお杏は思った。ふと、頭の傍の薬箪笥の上に小粒の蜜柑が二つのせられているのに気がついた。

まだ皮が青い早生《わせ》蜜柑だった。

「あれ、どうしたの？」

「おう、華岡先生が帰る時に土産に持たせてくれたんだ。紀伊国を出る時は袋に一杯あったんだが、途中、一つ二つと摘まむ内に、あれしか残らなくなった。済まねェな。少しすっぱいが、うまいぜ」

「あれが紀伊国のお土産？　他には？」

「…………」

「あれだけなの？　蜜柑二つだけ？」

向こう臑《ずね》を蹴る。

「おいッ、痛ェ。もうお杏、いい加減に機嫌を直してくれよ。鰻喰いに行こう。いや、山くじらがいいかな。何しろ、向こうは辛抱な家での、居候だから文句は言えねェし。おれはお前ェのべったり飯さえ恋しかったぜ」

そう言いながら正哲の手は忙しくお杏の胸を探り始めている。

「あたし、疲れているのよ。昨夜は寝ていないのよ。お弓ちゃん、空産になって、危ないところだったんだから」

「だけど、お前ェのことだ。首尾よく済ませたってことだろう？」

「うん」

「お前ェは極上上吉《ごくじょうじょうきち》の産婆だよ」

「褒めても何も出ないわよ。ねえ、本当に疲れているんだから……」

ああ、わかった、と言いながら正哲はさっぱり諦める様子がない。お弓のお産を無事に終えたことと、正哲が戻って来た安堵の気持ちが一つになって、急に襲って来た睡魔にお杏は堪えられそうもなかった。正哲は、そんなことは構ったことではないとばかり、お杏の胸に唇を這わせることに夢中である。

男は女がいなければ生きられないものだろうか。そして女も。お杏はよくわからなかった。

「もう、どこへも行かないでね？　約束してね？」

「あいあい」

「おろく医者のままでいいから……」

お杏はそう言うと、正哲に組み敷かれながら快い眠りに落ちて行った。

眠ったお杏を蒲団に入れると、正哲は土間から風呂敷包みを取り上げた。汚れた十徳が丸められて入っていた。正哲は庭の井戸に持って行き、盥《たらい》に水を張って十徳を浸した。そうしておけば後の始末がたやすいだろうと気を利かせたのだ。

いつもはどんなに疲れていても、それだけは始末する女だった。それもしないで眠ってしまったお杏はよほど疲れているのだった。

「さて、ふうの餓鬼にどんな名前を付けたらいいかな」

正哲は独り言を呟いた。父親が風松で、祖父が音松ならば、下に松の付いた名がいいだろう。赤松、とど松、美保の松。おそまつと呟いて自分でぷっと噴いた。

留守にしていたので、見慣れた庭が妙に懐かしく眼に映った。塀際に赤い小菊が蕾をつけて揺れている。正哲は季節の移ろいを感じた。江戸の夏を知らずに過ごしたことになる。

しかし、そういう感傷よりも紀伊国平山村で行った乳癌の手術が強烈な印象で彼の中に残った。麻沸散で眠らされた患者は身体に刃物を入れられても、ほとんどびくともしなかった。乳房は失っても命は保たれるのだ。

執刀する正哲の傍にいて、青洲は細かく注意を与えてくれた。

「なな、そのままで、のし」

柔らかな紀州弁が耳許に蘇る。青洲の評判を聞きつけて、全国各地から乳癌患者は平山村を目指してやって来ていた。執刀を許されたのは医者としての僥倖《ぎようこう》に思えた。初めて生きている人間の身体に刃物を入れることができたのだ。それは死人を腑分けするより、はるかに衝撃的なことだった。

「少なくても」と、正哲は独りごちた。自分は乳癌の患者だけは治せるのだ。それがとてつもなく誇らしいことに思えた。実際には薬草の調合等に細かい制約があり、青洲が傍についていなければ手術は叶わぬことだとしても正哲は満足していた。知らずにいた自分よりも、今の自分は医者としての進歩がある。

これからは暇を見つけて薬草の勉強をしようと思っていた。

水に浸けたお杏の十徳は翌日まで、そのままにされていた。夜半、夜空に昇った盆のような月は、その洗い桶に、丸い姿を映していた。お杏はひたすら眠り続け、正哲は外で飯を喰うと、自分も高鼾を掻いて隣りで眠っていた。水に映った月は誰にも気づかれることなく、ただそこにあった。

翌日の夜、亀島町の洞哲の家には麴町《こうじまち》から長男の玄哲が、箕輪からは次男の良哲がやって来た。他に正哲の知人の医者やら、洞哲の友人の医者が七、八人も訪れ、まるで季節外れのオランダ正月のような宴になった。

おきんは実家に料理の仕出しを頼み、自身もその腕をふるった。お杏はおきんを手伝って、酒の入った銚子を何度も運んだ。

深町と風松も呼んでいたのだが、二人は事件があって、そちらの方に行ったので宴には残念ながら参加できなかった。だが、二の倉屋からは祝儀の酒樽が届けられ、正哲を喜ばせた。

正哲の土産話に誰もが熱心に耳を傾けた。

商売柄、専門的な話になるのは仕方がない。専門用語はお杏にはよくわからないものが多かった。

「ところで、お杏ちゃんはお島の事件を見事、解決したそうだね?」

ひとしきり華岡青洲の話題が済むと洞哲が言った。

「お島の事件?」

正哲は怪訝《けげん》な眼をお杏に向けた。江戸に戻ったばかりの正哲は、まだ深町や風松と、ろくに話もしていなかった。

「あんたがいないから、あたしが仕方なく代わりをしたのですよ」

お杏が得意そうに言うと、二人の兄は愉快そうに掌《て》を打った。

「あれは殺しではなく、自害だったそうだね?」

「まあ、お義父さん、お耳の早い。どこからそのお話をお聞きになったのですか?」

「ふむ。深町にこの間、道で会ってな、お杏ちゃんのことを大層褒めていたんだよ。正哲がいなくてもこの先も心配いらないと言っていた」

「お前の立場がないぞ、正哲。どうする?」

おきんによく似た面差しをした長男の玄哲が言った。正哲と違って黒々とした髪を総髪にしている。姫路藩の藩医であった。

「どういう事件だったんだ？　お杏」

正哲は気になった様子で訊ねた。

「あれは……そうそう、ただそのままお話するだけじゃおもしろくありませんから、座興にうちの人に吟味を致させましょうよ。長い間、江戸を留守にしていたので、おろく医者の勘が鈍っているかも知れませんしね」

「それはおもしろい」

次男の良哲が首を伸ばした。二つ違いの良哲は正哲と仲がよかった。こちらは松前藩の医者をしているが、時々、正哲を訪ねて来る。松前藩の特産物であるから鮭や岩のりを届けてくれることもある。姿形は洞哲とよく似ていた。

「お杏、早見帖を役立てたのか？」

正哲は訳知り顔で訊いた。

「早見帖？　おあいにく。あんな書き付け、ものの役に立つものですか」

そう言ったお杏に正哲は「おっかねェなあ」と笑った。

「早くやれ、お杏ちゃん」

良哲が急かした。

「お義父さんは自害だと手掛かりをおっしゃったでしょう？　本当は自害か殺しかも見極めてほしかったんだけど。さて、どうやってお島さんが自害したか、その謎を解いてほしいのよ」

密の部屋よ、密の部屋。お杏はわざと正哲を攪乱《かくらん》するようにお島の一件を話した。

正哲はお杏の話を聞いてから、親指と人差指で自分のがっしりした鼻を抓《つま》みながら思案する顔をした。

「自害した部屋の前に下駄があったか……そいで、髪は崩れ、着物も乱れていたってか？狭い所から入ったんだな」

「狙いはいいわよ」

謎は解けるものかとお杏は高を括《くく》っている。

「やけにもったいをつける。どこにも入る所がないと言ったところで、密の部屋なんざある訳もねェ。とすると、後は厠かな？　掃き出し口はどうだ？　おれは無理だが、まあ、痩せた女なら入れるか」

お杏は唇を噛み締めた。こうもあっさりと種が割れてはおもしろくなかった。

お杏はつまらなそうな顔をしてから「さあさ、お義父さん、今夜はたっぷりお飲みになって下さいましな。お義母さんは今日だけなら何もおっしゃいませんよ。皆さん、御酒はいかがです？　二の倉屋さんから酒樽が届いておりますから、ご遠慮なく召し上がって下さいね」と言った。

「お杏、違うのか？　教えてくれよ」

正哲はお杏に答えを求めた。

「正哲、図星さ。お杏ちゃんはそれがおもしろくないのさ。お前も相変わらず女心がわかっていないねえ。こんな時はわざと間違えてやるものだよ。お杏ちゃん、何日も掛かって謎解きした苦労が何もならないじゃないか」

玄哲が笑いながら言った。

「そうか……」

舌打ちした正哲は、いかにもまずいという表情だった。一座の人間はそれを見て声を上げて笑った。


その夜、集まった医者達は正哲の話す華岡青洲という人物に畏敬の念を持ち、また麻沸散の威力にも感嘆の声を上げていた。

しかし、それから三年後の文化九年（一八一二）の五月。

華岡青洲の偉業に驚かされた医者達は、さらに驚くべき噂を耳にした。

蘭学の草分けとも言うべき杉田玄白、あの『解体新書』を翻訳したその人が、華岡青洲に向けて教えを請う手紙をしたためたことだった。玄白翁、この時、齢《よわい》八十歳。

その謙虚で真摯《しんし》な医者としての姿勢に、正哲はもちろん、江戸の医者の誰しもが深く頭を垂れる思いであった。

山くじら

一

おろく医者の美馬正哲は岡っ引きの風松の息子に、富士松《ふじまつ》と命名した。

風松という名を与えられた男が、どこか地に足の着かない性格になったため、その息子に正哲は最初、岩松《いわまつ》を考えた。いかにもどっしりとして安定した名に思えた。ところが正哲の妻のお杏は「頑固そうで嫌やだわ」と言った。

「イワちゃんなんて呼びたくないし、ふうちゃんの伝《でん》で行くとガンちゃんになるかも知れないじゃないの」

風松は風を音読みにしたふう、という呼ばれ方をされている。

「ガンちゃんなんざ、可愛いじゃねェか」

正哲がそう言ってもお杏は納得しない。

「どこが可愛いの？　きっとそんな名前だったら、あの子、石頭になりそうよ」

お杏の言葉に正哲は再び頭を悩ました。二、三日は仕事も手につかず子供の名前ばかりを日夜考え続けた。

さんざん迷った夜中。正哲はふと紀伊国から戻る時に眺めた富士の山のことを思い出した。美しく気高い山だった。その山なら江戸からも眺められる。

「おい、富士松てェのはどうだ?」

正哲はがばと起き上がり、横のお杏を無理やり起こして訊ねた。

「富士松? いいわ、それ……」

寝ぼけまなこのお杏は欠伸《あくび》を噛み殺しながら同意してくれた。十日ほどの間、名無しの子供にようやく名前がつけられるのである。

正哲は、さっそく墨を磨《す》り、奉書紙に富士松の字を書くと、うやうやしく神棚に祭った。

「ありがとうございやす。いい名前ェですね。あっしのより、よほど収まりがいい」

昼少し前に顔を出した風松は奉書紙を見て満足そうな表情をした。風松の妻のお弓は子供を連れて数寄屋町の実家に戻っている。身体が本調子になるまで、そちらで暮らす予定である。俄《にわ》かに独り者のようになった風松は近頃、頻繁に正哲の所を訪れるようになった。

産婆をしているお杏は三度三度、飯の仕度ができる訳ではない。お杏が忙しい時、正哲は自分で仕度をしたり、外で食事をすることも度々だった。この頃は風松と二人で比丘尼《びくに》橋の傍《そば》にあるももんじ屋に通うことが多い。お弓が戻って来るまで、二人のももんじ屋通いは続きそうだった。

ももんじ屋は「山くじら」と記した看板を出している獣肉の鍋料理を食べさせる店のことだ。最近は屋台の店もあちこちに見掛ける。薬喰《くすりぐ》いと称して江戸の人々も獣肉を食べるようになったからだ。紀伊国から戻って来た正哲は、やたらその手の店に行きたがる。紀伊国で摂《と》っていた質素な食事の反動であろうか。

奉書紙に三人が見入っている時「もし、産婆のお杏さんのお宅はこちらでございましょうか」と土間口から細い女の声がした。

「はい、そうですよ」

お杏が応えて障子を開けると臙脂《えんじ》色の御高祖頭巾《おこそずきん》を被った女が立っていた。年齢は定かにわからないが若い女のようだ。正哲は女特有の訳ありな話だろうと察して、外に出ようと風松を促した。

「あんた、お出かけ？」

横を擦り抜けた正哲にお杏が訊ねた。

「ああ、ちょい、行っつくらァ。お客さん、どうぞごゆっくり」

正哲は女にぺこりと頭を下げて言った。風松も同じように「ごゆっくり」と続けた。

「もうすぐお昼よ」

お杏は正哲の禿げ頭と風松の銀杏頭《いちょう》に覆い被せた。

「昼飯は外で喰うから、おれ達のことは気にしなくていいぜ」

「あんた、また、ももんじ屋に行くんじゃないでしょうね」

「誰も行くとは言ってねェ。なあ、ふう」

「へい。蕎麦《そば》でも鰻《うなぎ》でもあっしは別に構いやせん」

風松は調子を合わせる。お杏は疑い深いような眼で二人を見ていたが、客の手前、それ以上のことは言わなかった。

外に出ると風松がさっそく正哲の羽織の袖をつっと引いた。

「先生、あっしはちょいと穴場を見つけやした」

「山くじらのか？」

「へい。屋台の四文屋《しもんや》なんですがね、串刺しにした肉を焙《あぶ》って、それを蒲焼のたれみてェのに絡めて喰わせるんですよ。こいつが滅法界、いけるんですよ」

「ほう、うまそうだな」

「渋団扇でバタバタやってる傍を通りやすと生唾が出て来てかないやせん。ここは一つ、是非にも先生をお連れしようと心積もりしておりやした」

「よしよし」

「餓鬼に名前ェをつけていただきやしたので、今日のところは先生、あっしの奢《おご》りということで」

「いいのか？　そいじゃ、ごちになるか」

「でもお杏ちゃんに見つかると、まずいっすね」

「なに、まだ昼前だ。喰った後で水茶屋に寄って茶でも飲んで帰れば夕方には臭いは取れるさ」

「さいですね。だけど女は山くじらを嫌やがりますよね？　肉を喰えば手前ェが獣にでもなると思っているんでしょうかね。お弓に精がつくからと喰わせたら吐き出しちまいましたよ」

「慣れたらうまいものだがなあ」

「それに喰った翌日は妙に身体に力が入るような気がしやす。しかし、何んですね。先生は紀伊国から戻ってから、やたら山くじらに凝りやすね」

二人は鎧《よろい》の渡しの方向に歩き出していた。目指す屋台は小網《こあみ》町にあるという。鎧の渡しで行けば近道になる。

「お前ェ、向こうじゃ腹減って、腹減って。梅干しや水菓子はうまいんだ。ところが村の中だから気の利いた料理茶屋がある訳じゃなし、居候している分際で飯のおかずに文句も言えねェし、心底辛かったぜ。おれはやっぱり江戸が好きだ。江戸には何んでもある」

「長崎はどうでした？」

正哲が長崎にも行ったことがあるので風松は訊いたのだ。

「長崎も結構よかったな。町の中だったしな。丸山って江戸の吉原みてェな所もあって退屈はしなかった。ただし夏は閉口する。何んたって暑い」

「江戸よりですかい？」

「当たり前ェだ。長崎は江戸よりずっと南だ。暑いのも道理よ」

「やっぱり江戸が一番ですかねえ」

「そうそう、何んたって江戸よ」

「生まれた所がいいに決まってますよね。あっしも江戸が好きですよ」

「お前ェなんざ、江戸から一歩も外へ出たこともねェくせに洒落《しゃれ》た口を叩くよ」

「戸塚には行ったことがありますよ。親父の親戚がいるから」

「戸塚も小田原も江戸の内だ」

「そうすかい……」

風松は朱引《しゅび》き（江戸の境界線）の外のことを言ったつもりだが、遠く長崎までも旅をしている正哲にとって戸塚も小田原も江戸とさほどの違いはないらしい。

風松は荒布《あらめ》橋のたもとに正哲を連れて行った。山くじらの屋台は、いつもそこに店を出しているという。ところがまだ屋台は出ていなかった。二人は暇潰しに近くの照降《てりふり》町に軒を連ねる店をひやかした。有名なのは「さるや」の楊枝《ようじ》である。用途に応じた様々な楊枝は見ていて飽きない。

正哲はついでに歯磨き用の房楊枝を二本求めた。お杏と自分用である。照降町は傘屋と雪駄屋が隣り同士並んでいたから、降ったり照ったり照降町と言うらしい。そういう謂《いわ》れが正哲は結構好きだった。

小半刻《こはんとき》、時間を潰して荒布橋に戻ると屋台がようやく出ていた。

「親父、遅かったじゃねェか」

風松が文句を言うと四十絡《がら》みの痩せた亭主は「あいすみません。餓鬼の具合が悪かったもんですから」と頭を下げた。屋台の横に五歳ほどの少年がしゃがんでいた。汚れた顔をしていたが、その顔が黄ばんでいるのに正哲は目敏《めざと》く気づいた。黄疸《おうだん》症状である。肝ノ臓に問題がありそうだ。

「坊主、どうした？」

正哲は子供の前に自分もしゃがんで、さり気なく訊ねた。子供は虚ろな眼をして正哲の言ったことが呑み込めないような表情をしている。

「親父、この人は医者なんだ。どういう按配か話した方がいいぜ。もっとも医者と言っても生きてる者より死んだ者の御用が多いが」

風松はそんなことを亭主に言った。亭主は団扇を煽ぐ手を止めて「飯を喰わねェんですよ」と言った。

「具合が悪いから飯を喰う気になれねェんだろう。坊主、どっか痛ェか？」

子供はそれでも僅かに首を振った。しかし立ち上がる元気はなさそうだ。

「ちゃんとした医者に見せた方がいいぜ」

正哲は立ち上がると亭主に向き直って言った。

「とんでもねェ」

亭主はかぶりを振った。

「薬料を払うことなんざ、とてもとてもできやせん。何んとか治ってくれるといいんですが」

亭主の言い分に正哲は反論することができなかった。近頃の町医者は医は仁術《じんじゅつ》どころか算術と心得ている者も多いのだ。診察料、薬料三日分で一分や二分は掛かる。目の前の子供には一両を投じても足りぬかも知れない。それは亭主の暮らしぶりから考えるとできない相談だった。

正哲はふと、父の知り合いの医者のことを思い出した。小石川養生所の小川笙船《しょうせん》である。

「親父、小石川にな、養生所がある。そこに行けば診察料も薬料も掛からねェ。坊主をそこに連れて行きな」

「え？　只《ただ》で治してくれるんですかい？」

亭主は驚いた声を上げた。

「ああ、只だ。養生所に泊めて飯の面倒も見てくれる。憶えておきな」

「ありがとうごぜェやす。こいつの母親はこいつが赤ん坊の時に貧乏を嫌って家を飛び出しちまったもんですから、男手では行き届きませんで」

亭主は幾分ほっとした表情でそんなことも言った。

焙った串刺しの肉は少し堅いが風松の言った通り美味だった。昼間であったが湯呑に酒も一杯ずつ注いで貰った。亭主は仕事の合間に、しゃがんでいる子供にも肉を与えた。

それは生肉のようで正哲は少し心配になった。

「親父、生の肉はいけねェなあ」

「へい。わかっておりやすが、こいつはこれだけは口にするもんで……」

生肉は刺身のように口当たりが柔らかいからだろう。子供の症状が心配だったが、ほろりと酒の酔いの回った正哲は串刺しの肉をせせりながらつい、やり過ごしてしまった。

二

荒布橋の屋台から離れた正哲と風松は本八丁堀の自身番で北町奉行所、定廻り同心の深町又右衛門と会い、馬鹿話で時間を潰した。差し当たって問題にするような事件も起きていないので深町の表情にも余裕が感じられた。

おろくの顔をしばらく見ていない正哲も暇なこと 夥《おびただ》しい。つい、食欲に任せて買い喰いすることにもなる。正哲は紀伊国から戻ってから少し肥えたような気がしている。

正哲が夕方になって地蔵橋の家に戻るとお杏が晩飯の仕度を調えて待っていた。茶の間に出された箱膳には干物を焼いたもの、葛西菜《かさいな》（小松菜）と油揚げの炊き合わせ、漬物が並んでいた。椀に盛られた汁の実はしじみであった。油っこい肉を食べた正哲はあっさりとした献立《こんだて》がありがたい。肉を食べたことはどうやら気づかれていないようだ。

「おい、今日訪ねて来た女は何んだった？」

差し向かいで晩飯を食べながら正哲はお杏に訊いた。御高祖頭巾の女のことを思い出していた。

お杏は自分の仕事のことは正哲が訊ねるまで話したがらない女だった。患者の秘密は胸の内に収めていることが多い。訊ねると話してくれるのは正哲が夫だからではなく医者であるからだろう。お杏は言い難そうに口を開いた。

「中条《ちゅうじょう》を紹介してほしいと言って来たの」

「ふうん、訳ありの子供を孕《はら》んでしまったということか」

「あたしは子供なんて産んでしまえば後は勝手に大きくなるから頑張って産みましょうと言ったのだけど」

「言うことを利かなかったんだな」

中条流はかの昔、豊臣秀吉の家来であった中条帯刀《たてわき》を祖とする産科の流派のことをそう呼んだ。しかし、今ではそれと別で、堕胎を業とする女医者のことを指す。水銀《みずがね》を使って堕胎をするそうだが詳しいことは正哲も知らなかった。

「それで仕方なく婆ちゃんの知り合いで中条をしている薬研堀《やげんぼり》のお条《くめ》さんの所に連れて行ったのよ。それがあんた、すごい羽振りのよさで金看板なんて掲げているのよ」

「繁昌してるってことか?」

「そうよ。お条さんの所には婆ちゃんが死んでから行ったことがなかったのよ。あれほど中条が盛んになるとは思ってもいなかったわ。何んでも町家のお内儀《かみ》さんどころか大名屋敷に奉公しているお女中さんまでやって来るそうなの」

「奥女中が孕んだとしたら相手は屋敷の殿様になるのか?」

「ううん。宿下がりの時に羽目《はめ》を外し過ぎて困ったことになるそうなの。もちろん、全部が全部という訳じゃないのよ。ほんのひと握りの人だけれど」

お杏は溜め息をついて葛西菜を摘まんだ。

「あらおいしい。これから寒くなると段々、葉物がおいしくなるわね」

「うん。珍しくこれはうまい」

「何よ、珍しくって……」

「いやいや」

お杏は不服そうに口を尖《とが》らせたが、また思い出したように「そうそう、中条に連れて行った娘さんね、おていさんって名前だけれど話の続きがあるのよ」と言った。

て」

「お条さんはおていさんに、もうひと月経ったら来てくれと言ったの。今は堕ろせないって」

「何んだ？」

「どういうことだ？」

「身ごもってふた月や三月の子は仏具の形をしているから、どうも冥利《みょうり》が悪くていけないらしいのよ」

「迷信だろう。堕ろすなら早い方がいいとおれは思うがな」

「それは医者の考えでしょう？　中条には中条の流儀があるのよ。四月目からそうするものだそうよ。あたし、少しほっとして、ひと月の間によく考えましょうねって、おていさんに言ったの」

「まあな」

産婆をしているお杏ならそう言うに決まっている。

「それでお条さんの所から戻って来たのだけれど途中まで来ると、おていさんの相手らしい男が血相変えてやって来たのよ」

「ほう」

「誰だと思う？」

「さてな」

そういう問題になると正哲の勘はさっぱり働かない。

「やっちゃ場《ば》のいずせいなのよ、これが」

「こいつァ……」

京橋の近くの大根河岸には野菜の競《せ》りが行われる通称やっちゃ場がある。いずせいと呼ばれる男はやっちゃ場の元締《もとじめ》で和泉屋《いずみや》清右衛門という。五十を一つ二つ過ぎた男だった。

「いずせいには女房がいるんだろ？　女房に内緒で子供ができたとなりゃ、その女も堕ろしたくなる気持ちはわかるぜ」

「でも、いずせいには子供がいないのよ」

「なある……それで早まったことしちゃならねェと捜しに来たんだな。めでてェじゃねェか」

「それはそうね。いずせい、おていさんに懇々と諭《さと》していたわ。でもおていさんの方はそれほど嬉しそうでもなかったけれど」

「何んなんだ、そのおていという女は」

「いずせいの所の女中さんだって。男って困った生き物よね。お内儀さんがいるのに他の女にその気になるんですもの。これからひと騒動あるわよ。いずせいのお内儀さんって癇癪《かんしゃく》持ちで有名なのよ」

「だが、手前ェで子供が産めねェのなら、外に亭主が子供を拵えても文句の言いようがねェだろう」

正哲は世間並の話をしたつもりだった。ところがお杏は箸を持つ手を止めると悔し涙を浮かべて正哲を睨んだ。

「お、おい……」

「ひどい。そんな言い方ってないじゃない。女なら誰だって亭主の子供がほしいに決まっている。だけど身体の具合でどうしても子供ができない人だっているのよ。簡単に言わないでよ。じゃあ、あんたがよそで子供を拵えて来ても、あたしは文句を言うこともできない立場になるの?」

お杏の怒りは相当のものだった。お杏もなかなか身ごもらない質だった。正哲は不用意に言った言葉を後悔した。

「お杏、おれは違うからな。おれは子供がいようがいまいが、そんなことは問題にしていねェ。二人がこうして暮らしているんだ。それだけでいいんだぜ」

それは正哲の正直な気持ちだった。泣きじゃくるお杏を抱き寄せ、その背中を撫でて機嫌を直すのに正哲はしばらく苦労した。今まで、はっきりと口にしたことはなかったが、お杏は子供をほしがっているのだと感じた。正哲は、あまり子供のことを考えたことがない。自分とお杏との間に子供がいたらどんな暮らしになるのかさえ思いが及ばない。

現実にないことに正哲の想像力は働かなかった。いない者に対してのこだわりはない。

三

深川の木場《きば》に女のおろくが浮いていたのは、お杏とのやり取りがあったひと月後のことだった。引き上げて自身番に運んだが女の身許はわからないままだった。莚で簀《す》巻《ま》きにされたおろくを発見したのは木場の川並鳶《かわなみとび》だった。手鉤《てかぎ》を操っている時に莚からはみ出た足に気づき驚いて自身番に届けて来たのだ。

おろくの顔に見覚えがなく、どうも近所の者ではなさそうだということだった。

知らせを受けた深町又右衛門は正哲を伴って深川に向かった。舟で向かう途中、深町はいずせいの女中が十日ほど前から行方知れずになっていると正哲に言った。正哲はお杏の言葉を思い出していた。

「おていという女中ですかい？」

そう訊いた正哲に深町はぴくりと眉を上げた。

「早耳だの」

「いや、ひと月ほど前、うちの女房の所においてが子供を堕ろしたいと言って来たことがあるんですよ。被り物をしていたから、おれは顔をよく憶えておりませんがね」

「おれもはっきりとは憶えておらぬ。顎に少し目立つ黒子《ほくろ》があるそうだ」

「そいじゃ、顎の黒子と孕んでいる様子があれば、おていということになりますね。すると下手人はいずせいか、いずせいの女房というところですか？」

川風が滲《し》みるように冷たかった。十月も半ばになると江戸も冬の顔になる。正哲は八幡黒《やわたぐろ》の頭巾を襟巻にしていたが、その襟許を掻き合わせて訊いた。

「ふむ。しかし、木場というのはおていを捨てるには遠過ぎるな。もっと近くならわかるが。そこまで運ぶには人目にもつくだろうしのう」

「それもそうですね。いずせいの様子に不審なものはねェんですか？」

「毎朝、いつものように競りには顔を出している。遅れたり休んだりしたことはねェ。ましておろくらしいのを運び出したという話も聞かねェ」

「お杏の話だと、いずせいの女房は有名な癇癪持ちだそうですよ。いずせいに子供ができたことが知れて女房が頭に血を昇らせたというのは考えられるんじゃねェですか？」

正哲の話に深町は皮肉な表情で唇を歪めた。

「あの男の女癖の悪さは昔から知られていたことだ。女房なら今更驚くことでもねェだろう。昔は煙管の灰を落とすように女を捨てたものだと抜かしていたぜ」

「げッ」と正哲の喉の奥から妙な声が洩れた。「言うにこと欠いて煙管の灰を落とすなんざ、並の男にはなかなか……」と、呆れながら、途中から感心した声にもなる。

「一度でいいからそんな台詞《せりふ》、ほざいてみたいものだのう」

深町も苦笑いして正哲に言った。

深川の三十三間堂前の舟着場で舟を下りた二人は入船町の自身番に向かった。その辺りは土地の岡っ引き捨吉《すてきち》の縄張である。自身番の前に敷き藁《わら》を被せられた死体があり、捨吉と子分が見張りをしていた。野次馬がその周りを取り囲む形で様子を眺めていた。捨吉は深町と正哲の姿を認めると頭を下げ「ご苦労様です」と言った。正哲はすぐに敷き藁に近づいて捲《めく》った。顎に黒子がある。

「旦那、やっぱりそうらしいです」

敷き藁を引き上げたまま正哲は深町の顔を見上げた。深町はそう言われて自分も覗《のぞ》き込んだが、一瞬、眉間に皺を寄せた。仕事柄、おろくを見る機会は多いというものの、やはり平気な表情でそれを眺めることはできないようだ。

「うむ。おていのようだな。間違いない」

おていのおろくは水気を吸って膨らんでいる。右眼が殴られたせいか青黒くなっている。蠟のように白い腕にも青い痣《あざ》が幾つもあった。しかし、死因は首に残っている痕から考えると首を絞められて絶命した様子である。

「殺されてから堀に捨てられたようです。水死じゃありません」

「やはり殺しか……」

「そのようです」

「いずせいをしょっ引くか……難儀だのう」

深町は大きな溜め息をついた。

正哲はさらに検屍を続けた。懐《ふところ》から矢立てを出して紙にその特徴を細かく書き付けて行った。後で訊ねられても説明できるようにするためだ。若い頃はそんなことをしなくても頭の中にしっかりと叩き込めていたものだが四十近くになると、いささか心許なくなって来た。手控えの必要が出て来たのだ。ふと、おていの頭に、緑色したものが眼についた。弛《ゆる》んだ根に何かが絡みついている。指で摘まむと一寸ほどの縁の丸い葉であった。

「何んの葉でしょうね？」

正哲は深町と捨吉にも見せた。二人は首を傾げた。

「見たことがあるようにも思いやすが、改めて何んの葉っぱかと訊かれると返答に困りやす。堀に落ちた木の葉じゃねェですかい？」

捨吉はそう言った。落ち葉の季節ではあるが落ち葉なら枯れてもいよう。その小さな葉は瑞々《みずみず》しい緑色を保っている。正哲は手拭いを取り出して、その葉を包んだ。

「捨吉、ご苦労だが、このおろくを大根河岸のいずせいの所に運んでくれ」

正哲の検屍が済むと深町は捨吉に言った。

「へい、承知致しやした」

「難儀だのう」

深町が再び呟いた。やっちゃ場の元締としてのいずせいの吟味は一筋縄にはゆかないだろう。競りで鍛えたあの声、あの押しの強さ。

もたもたしている内に煙に巻かれてしまうことにもなる。深町はそれを危惧している様子であった。

「今度ばかりは煙管の灰という訳には行きやせんね」

自身番を後にして通りを歩きながら正哲が言った。

「うめェことを言う」

「問題はどうやっておていのおろくを木場まで運んだかってことですよ。下手人がいずせいにせよ、誰にせよ、ここまで運ぶ目的が解せませんや。こいつはどうもからくりがありそうですよ」

「そうだのう」

深町は薄い顎髭を撫でて、いかにも厄介な事件が持ち上がったというように顔をしかめた。

四

いずせいこと和泉屋清右衛門と妻のお袖は懐から手拭いを出して同様に洟《はな》を啜った。

「おていは十二の時からうちの店で働いて貰っておりやした。かれこれ五年になります。よくやってくれました」

清右衛門はそんなことを言った。

深町は京橋の自身番に清右衛門とお袖を呼んで話を聞いていた。狭い自身番の座敷には清右衛門とお袖を取り囲む形で深町と中間の芳三、風松、正哲が座っている。清右衛門は体格のよい男で大男の正哲と比べても遜色がない。

反対にお袖は痩せて小さな女だった。お袖は四十そこそこか。清右衛門は鉄紺色の紬《つむぎ》の着物に対《つい》の羽織を着ていた。着物にはしこしこした艶があった。お袖も油じみてはいるが黒魚《くろなな》子《こ》の幅の広い半襟を掛けた上物の縞の着物を纏っている。媚茶《こびちゃ》の緞子《どんす》の帯をはすに締め、前垂れの代わりに更紗《さらさ》の風呂敷を帯に挟んでいる恰好は並の女房と少し違って見える。利かん気な表情で清右衛門の口許を黙って見つめていた。

「おていはお前の子を孕んでいたそうではないか。それで女房との間に諍《いさか》いが持ち上がったのではないか？」

深町は言い難そうではあったが、きっぱりと訊ねた。

「申し訳ありません。女房は二度身ごもりまして二度とも流れました。それから子ができる兆《きざ》しはございません。できた心でおていとそういうことになりましてお恥ずかしい限りですが、こうなってはおていに産んで貰い、わたしどもの跡継ぎにしようと考えていた矢先のことでございます」

「お内儀はそれを納得されていたのか？」

深町がお袖に訊ねると、お袖は黙って肯いた。

「それでその後はおていをどうするつもりだったのだ？　本妻と妾を同じ屋根の下で暮させるつもりだったのか？」

深町の直截《ちょくせつ》な言葉にさすがの清右衛門も顔をしかめた。

「おていには持たせるものを持たせて実家に戻すつもりでおりました」

「情は微塵《みじん》もなくて、あくまでもでき心とお前は言うのだな？」

「はい……」

清右衛門はそう応えながら傍のお袖にすばやい目線をくれた。耳の後ろから喉にかけて赤い三筋《みすじ》の引っ掻き傷がついている。お袖がつけたものだろう。

「しかし、それでは誰がおていを殺《や》ったのかの。おていを殺さなければならない人間はお前達の他に考えられぬのだが」

「とんでもございません。確かにおていのことはわたしの不徳の致すところと反省しておりますが、先ほども申し上げました通り女房ともよく話し合いまして、おていの先行きのことはよく考えていたつもりです。わたしどもがおていを殺さなければならない理由は何ひとつございません。おていのいなくなった日も、わたしはいつも通り競りに出ております。競りが終わると仲買人に品物を卸す御用がございましたし、ようやく店に戻った時は昼になっておりました。そこで初めて女房からおていの姿が見えないという話を聞いたのです」

「お内儀はその日はどうしておった？」

「はい……あたしは明六つ頃に起きて手代からおていがいないようだと言われました。それで近くを捜してみたのですが見つかりませんでした。あたしも、その日はどこにも出かけておりません」

二人は外に出かけなかったことを強調した。木場との繋《つな》がりが二人の話からは浮かび上がって来なかった。

正哲は深町の話が済むと懐から手拭いを出し、その中に包んでいた葉を見せた。一日時間を置いたせいで葉はしおれていた。

「和泉屋さん、この葉っぱは何んでしょうか？　おていの頭にくっついていたんですが」

清右衛門とお袖はまじまじとその葉に見入った。清右衛門は首を傾げ「はて、何んでしょう。わたしにはよくわかりません」と応えた。お袖は何も言わなかった。葉の名前でもわかれば、そこから糸口が摑めると考えていた正哲は気落ちした。

小半刻、清右衛門とお袖から話を聞いた深町は、取りあえずその日の吟味を仕舞いにした。清右衛門とお袖の二人はほっと安心した表情を見せて自身番から出て行った。

「全く、どうしたらいいものか……」

深町は二人が出て行くとやり切れないような声を洩らした。

「旦那、いずせいの所に舟はありますか？」

正哲が訊ねた。深川の木場までおていを運ぶには、やはり舟が必要と思われる。

「どうであろうの、荷物を運ぶ艀《はしけ》のようなものはあるかもしれぬ」

深町が自信なさそうに言うと「旦那、いずせいには船頭が一人おりやすよ」と風松がすかさず応えた。「京や大坂から品物が届く時、艀を使って取りに行くんですよ」

「そいじゃ、その艀を使っておていを運ぶとしたら……」

「先生、艀と言っても結構でかい代物《しろもの》で堀まで入って行けやせんよ」

「そうか……もっと小さい舟になるのか。旦那、大根河岸に舟で運ばれる物はどんな物があるんです？　ちょいとご教示願えませんか」

正哲は深町に向き直った。

「うむ」

深町は薄い唇を舌で湿してから口を開いた。

江戸の三大市場は千住、神田、駒込《こまごめ》が知られている。この頃はその三つの他に品川、本所四ツ目、それに大根河岸の市場が有名になっていた。品川には青物横丁という青物屋が軒を連ねる通りもあるそうだ。本所や深川の市場は東に葛西菜で知られる葛西村を控え大いに発達したという。葛西村の人々は大小の堀に舟を乗り入れ、江戸から下肥《しもごえ》を運んで葛西菜を育てている。この下肥えを運ぶ舟は「葛西舟」と呼んで正哲にも聞き憶えがあった。育てた葛西菜は、これも舟で運ぶ。馬や大八車で運ぶより早く、鮮度を保つことができるからだ。日中に収穫した菜を日暮れまでに洗って舟に積み、夜中の内に本所や深川、さらに大根河岸まで運ぶのだ。大根河岸の市場も、この葛西菜のお蔭で発達したと言っていいだろう。

「だけどやっちゃ場のやっちゃって何んのことですかねェ」

風松が無邪気に深町に訊ねた。

「いずせいに訊けばよかったな。おれも詳しいことは知らんが競りの掛け声からきているものだろう」

「そういえば、芝居の役者にも、やっちゃと褒めると言いやすね。先生、何んかピンと来ましたかい？」

風松は合点のいった顔で正哲の方を向いた。

「旦那、やはり舟ですね。それしか考えられねェ。しかし、問題の舟をどうやって調達したかってことですよ」

「誰か口裏を合わせている奴がいそうだな。いずせいの周りにいる青物屋を当たってみるか」

深町はそう言うと、中間の芳三を振り返った。芳三はすばやく深町の履物を揃えた。深町と別れた正哲と風松は自然に足が比丘尼橋の方へ向いていた。ももんじ屋の尾張屋がある。荒布橋の屋台にも心惹かれるが尾張屋の鍋にも捨て難い味があった。

尾張屋は葦簀《よしず》張りの店で構えたところがない。気軽に入って行ける。店前には獣の肉が不粋に下がっている。奥の長床几《ながしょうぎ》に座って正哲と風松は鍋を仕立てて貰った。

「先生、さっき、舟と言ってましたけど、いずせいはどんなふうにおていのおろくを運んだと思っているんです？」

「うん。もしもいずせいが下手人としたら、いや、下手人はいずせいか女房のどちらかだろう。いずせいの首の引っ掻き傷に気がついたか？　恐らくお袖に引っ掻かれたのだろうな。それほど悋気《りんき》が激しいとしたら事件になっても不思議はねェ。だがよ、殺したおていをそのままにしていたら、おていといずせいの事情から間違いなく自分達が疑われる。それで木場まで運んだと思うのよ。自分はずっと大根河岸から離れませんってことでな。つまり、いずせいはおれ達に木場には行っていないと言いてェのよ。こいつが肝心なんだが、たとえ、どんなに怪しいと睨んでも現場に現れた様子がなければ下手人にはできねェ。他の奴ということになる」

「おていは木場で殺されたんじゃねェんですかい？」

「多分違うだろう。いずせいの家か、その近くだろう。おろくの始末に困って簀巻きにして舟に乗せ、木場の堀へどぼんよ」

「しかし、舟で運ぶとしても川番所があるんですよ。途中で停められることになりやせんか？　日中は人目につくし、夜中だったら川番所は門を閉めますから」

風松の言葉に正哲は黙り込んだ。そうだった。川番所があったのだ。川番所は町内の木戸番のように時刻になれば通行を制限する。

大根河岸から木場までは、その川番所が幾つもある。一つや二つは免れても、よほどのことがない限り、すんなりとはゆかないだろう。正哲は混乱していた。

「おれも焼きが回ったかな」

正哲は自分の禿げ頭をつるりと撫でて独り言のように呟いていた。

五

「おお臭い」

正哲の後に厠に入ったお杏は戻って来てから大袈裟に袖で鼻を覆った。

「あんた、またももんじ屋に行ったんでしょう」

「行ってねェよ」

「嘘をついても駄目よ。厠で用を足すとすぐにわかるんだから。いつもと全然違うのよ。いかにも獣の肉を食べましたという感じで生臭いのよ」

「お杏は鼻がいいんだな」

「下肥えを取りに来る人は喜ぶわ。滋養のある肥えだから」

「ひでェことを言うよ」

「あら、真面目な話よ。お魚を食べる地方と、山の中で、たまにしかお魚を食べない地方の人とでは下肥えの濃さに違いが出るそうよ。夏と冬でも違うし、身体を使う人と使わない人でもまた違うんだそうよ。あんたのように山くじら食べて走り廻っているような人のは、お百姓さんが泣いて喜ぶほどいいものになるでしょうよ」

「おれは下肥えの元か？」

正哲がそう言うとお杏は色気のない声で笑った。だが、すぐに笑顔を引っ込め、茶道具を引き寄せながら低く「おていさん、殺されたそうね」と言った。

「子ができたことで事件になっちまったようだ。殺されて木場に捨てられていたんだ」

「じゃあ、下手人はいずせいのお内儀さん？　それともいずせい？」

「まだよくわからねェ。深町の旦那はいずせいを怪しいと睨んでいるようだが、はっきりとした証拠が摑めねェのよ」

「他におていさんと訳ありな人はいないの？」

「これがさっぱり出てこねェ」

「じゃあ、いずせいをしょっ引けばいいじゃないの。あの人、あたし大嫌いよ」

「女癖が悪いからか？」

「そうよ。お金にものを言わせて女を騙すんですもの。泣いてる人がたくさんいるそうよ」

「そんなにやっちゃ場の元締ってのは金回りがいいのか？」

お杏は大ぶりの湯呑にほうじ茶を注ぐと正哲の前に置いた。

自分も口をすぼめてお茶をひと口飲むと「あんたは世間知らずね。青物を運んで来るお百姓から口銭《くちぜに》（手数料）を取っているのよ。その他に問屋だから仲買人に卸す時にも上がりがあるじゃないの。口銭って幾らだと思う？　五分だって。運び込む青物の量が多くて、とても捌《さば》けないからお百姓さんは泣く泣く五分払って問屋に任せているのよ。お上はお百姓さんが直接、市中の人達に売らないように触れを出しているじゃない。問屋から仲買、仲買から小売り、小売りからようやくあたし達が青物を買えるのよ。高直《こうじき》になるのも道理よ。お百姓さんは口銭の他に下肥えのお礼として年の暮に裏店の大家さんにお餅代を払わなきゃならないし、色々な掛かりを考えると食べるだけで精一杯の暮らしなのよ」

「ふうん、やっちゃ場の親方というのはいい商売だな。手いらずで金が入る」

「そう簡単にもゆかないわ。競りの掛け引きを心得ていなきゃならないもの。あんたには無理よ」

「誰もやっちゃ場に勤めるとは言ってねェ」

正哲は苦笑した。

「さあて。今晩は何を食べさせようかな」

お杏は湯呑の中味を飲み干すと独り言のように呟いた。

「あっさりしたもの」

正哲はすかさず言い添えた。

「そうでしょうよ。ももんじ屋でこってりした山くじらを食べて来た人のことだから」

「おれ、湯に行ってくらァ」

ぐずぐずしているとお杏の皮肉がまだ続きそうだった。正哲は普段着の上に綿入れ半纏を羽織り、台所に湯桶を取りに行った。流しには笊《ざる》に山盛りにした青物が置いてあった。

「おう、この青物はどうした？」

「だから下肥えを取りに来た人に貰ったのよ。いつもという訳じゃないけれど、時々くれるのよ」

「厠が臭いのはおれのせいだけでもねェだろう」

青物は穫り立てのせいで活きがよかった。

しかし、正哲は青物に混じっている小さい葉にコツンと胸を堅くさせていた。ざっと引き抜いて来たらしい青物は八百屋で売られているように大きさが揃っていない。大きいのもあれば、まだ生長途中の若い葉もあった。

その小さく若い葉こそ、おていの髪に絡みついていたものだった。間違いはない。

「お杏、この青物、何んて名だ？」

お杏は呆れた表情で台所に顔を見せた。

「葛西菜じゃないの。いつも食べてるでしょう？」

「これが葛西菜か。おれは菜っぱのおかずを考えることがねェものだから、葛西菜だろうが嫁菜《よめな》だろうが頓着したことはなかったな。そうか、これが葛西菜か」

「葛西菜と嫁菜じゃ全然違うわ。迂闊《うかつ》な人。それでよく、おろく医者が務まるわねえ」

「面目ねェ。だけどお杏、おかしいんだぜ。おていの土左衛門が上がった時、頭にこの葉っぱが絡みついていたんだ。おれはそれをいずせいに見せたら知らねェと抜かしたぜ。しおれていたから、よくわからなかったと思うが」

「大根河岸のやっちゃ場は葛西菜が目玉なのよ。幾らしおれていたからって、知らないってことがあるもんですか」

お杏は怒ったように言った。

「そいじゃ、どういうことだ？」

正哲が訊くとお杏は笊の葛西菜をしばらく見つめ「葛西菜の葛西って名前を出したくなかったんじゃないの」と言った。

「おていの殺しに葛西が拘《かか》わっているからか？」

「多分……朝方に下肥えを取りに来た人も葛西村の人なのよ。下肥えを運ぶと、今度は葛西菜を運んでやっちゃ場に来るそうよ。だから葛西の人は舟がなければ商売にならないのよ。

おていさんのおろく、その葛西舟の一つで運ばれたんじゃないの？」

「舟で運ぶのはおれも考えた。だが、人目につかないように運ぶにはどうしても夜中か明け方になる。すると堀の川番所は門を閉じているから、なかなかうまくは行かないだろうと思ってな」

「葛西舟はそれぞれに鑑札を持っているのよ。毎日のように青物を運ぶんですもの、いちいち番所の了解を取るのも面倒でしょう？　葛西舟の人だったら鑑札を見せるだけで黙って通すわよ」

「…………」

「いずせい、競りが終わった後の空いた舟におていさんを乗せたんじゃない？　おろくを捨てた場所が木場というのはよくわからないけれど、大根河岸から遠く離れた場所で人気《ひとけ》のない所にという意味かしらね。いずせいに何か弱みを握られている葛西村の人を探れば、この事件に方《かた》がつくと思うわ」

　そう言ったお杏に、正哲は心底、感心した顔になっていた。

「お前ェは最近、産婆よりも岡っ引きだぜ」

「大の男が何人も揃って葛西菜もわからなかったというのが情けないねえ」

「全くだ。束になってりゃわかるのに、一枚の葉っぱだけになると見当がつかなかった。どういうんだろうな」

「しっかりしてよ、おろく医者の正哲さん」

「おれ、湯に行くのやめた。深町の旦那のところに行ってくらァ」

正哲はそう言うと、もたもたする半纏を脱ぎ捨て、衣桁《いこう》からいつもの黒紋付をずるりと引き落としていた。

翌朝、深町と芳三、正哲、それに風松の四人は競りの行われる時刻に大根河岸を見張った。狭い堀はその時刻には葛西舟で埋め尽くされていた。続々と舟から葛西菜や葱《ねぎ》、牛蒡《ごぼう》、大根等が市場に運び込まれる。

清右衛門に近づく人間に四人は眼を凝らしたが、なかなか埒は明かなかった。競りは四半刻ほどで終わった。

すぐに蜘蛛《くも》の子を散らすように人垣が崩れ、空き舟は堀から逆に次々と出て行く。

深町は葛西村の百姓の一人を物陰に呼んで話を訊いた。近頃のやっちゃ場の事情と清右衛門の様子を探るためだった。

三十五、六の瘦せた中年の男はそそけた髪から手拭いを取り、口銭の値上げが問題になっていると言った。現在の五分から一分ないし二分を上げると問屋の仲間内で決めているらしい。今でもようやく口銭を払っている状態なのでそれは大いに困ると男は愚痴をこぼした。ところが村の中で留次《とめじ》という若者だけが値上げどころか五分の口銭を払っている様子もないという。深町は風松に目配せした。

「留次ってェのはどいつだ？」

風松の問い掛けに男は薄明かりの射して来た堀に視線を投げ、今しも出て行こうとしている一艘《そう》の舟を指差した。

風松はすばやく堀に近づいて舟を停めた。

「ちょっと来い！」

十手を見せて留次をしょっ引いた風松は正哲の眼からもなかなか頼もしく見えた。

清右衛門は風松に腕を取られ、引っ張られて行く留次を呆然と見ている。これから煙管の灰のように己れの身体も空しくなるのだと、正哲は胸の中で清右衛門に向かって呟いていた。

六

師走の風が埃《ほこり》とともに落ち葉を舞い上げている。

小石川養生所の前に立った正哲は腑分けの道具の入っている懐に思わず手をやった。

おてい殺しの事件にようやく決着がつけられた後だった。葛西村の二十三歳の留次は命の次に大事な舟を壊し往生していた。父親の代から留次は和泉屋と取り引きしている。

舟を壊した留次に同情した清右衛門が舟の修理代の面倒を見た経緯があった。

清右衛門が女中のおていに手を出し、おていが孕むと嫉妬に駆られたお袖はおていを打擲《ちょうちゃく》し、身重のおていはその衝撃で動かなくなってしまったという。

清右衛門が慌てて止めに入り、おていは息を吹き返したものの、お袖の仕打ちに血を昇らせたおていは世間に言い触らすとお袖に言った。

清右衛門がどんなに宥《なだ》めてもおていは言うことを利かなかった。仕舞いには清右衛門も腹を立て、今度は本当におていの首を絞めて殺してしまったのだ。

死体の始末に困った清右衛門は留次を呼びつけ、どこか遠くの堀にでも捨てるようにと言ったのだ。その見返りに口銭の面倒をみるということにもなったらしい。

葛西舟が川番所をすんなり抜けることができることを利用したのだ。なぜ、わかったのかと清右衛門は観念しながらも深町に訊《たず》ねた。

「やっちゃ場の事情に疎《うと》い我々を侮《あなど》って貰っては困る。それほど我々の眼は節穴でもないつもりだ。決定的なことは、お前ェが葛西菜を知らねェと言ったことよ。やっちゃ場の元締が知らねェはずはねェ」

「わたしも奉行所のお役人が揃いも揃って葛西菜がわからなかったことに、実は内心驚いていたんですよ。ようやくおわかりになったたってことですね」

薄く笑って清右衛門の言ったのが、正哲の聞いた最後の言葉であった。

「先生、あっしはここで待っておりやす」

風松はびくついて、そんなことを言った。

「何言ってる。岡っ引きなら腑分けぐらい見られなくてどうする」

小石川養生所の肝煎《きもいり》、小川笙船から町奉行所を通じて腑分けの依頼があったのだ。養生所で死んだ子供の死因に納得できないものがあるので内臓を開いて確かめてみたいということだった。死体の腑分けにはお上の許可が要った。北町奉行所はおろく医者の正哲を養生所に派遣することにした。正哲にとって久々の腑分けの機会である。

養生所は享保七年（一七二二）十二月に創設された。初代小川笙船は小石川伝通院前の町医者であった。初代笙船は十七ヵ条の訴願をしたため目安箱に投函した。

「施薬の局を設けて貧窮病者を収容すべし」

この一条が、とりわけ八代将軍徳川吉宗の心を動かした。

吉宗は時の南町奉行、大岡越前守忠相《ただすけ》に命じて養生所の建設に乗り出したのである。

正哲がその日、会うことになる小川笙船は四代目で初代の曾孫に当たる男だった。

小石川養生所は本郷の北寄りにあり、その辺りは寺、神社のみならず、武家屋敷、町家、それに田圃が一緒くたになったような所で鄙《ひな》びた風景が拡がっていた。養生所の入り口に門がついていたが、その門はついぞ閉じられたことがないと正哲は聞いている。いつでも患者の求めに応じられるようにしているのだ。

門の中に足を踏み入れると、中も広々とした敷地が拡がっている。およそ一千坪の土地に診療所、介抱人部屋、病人部屋、医者と町方役人の詰所を備えている。小川笙船は二人扶持、薬種料五十両を給わり、町奉行の支配を受けて養生所の運営に当たっていた。

　町方役人に案内されて玄関前に立つと十徳姿の若い医者が出て来て、すぐに笙船のいる部屋に正哲と風松を促した。

　診療所の隣りにある六畳ほどの部屋で笙船はやはり十徳姿で正哲を出迎えた。十徳は着物の上に羽織る薄羽織で、素襖《すおう》に似て脇を縫いつけてある。裾は短く、下は四幅袴《よのばかま》を穿《は》くのが多くの医者の恰好である。正哲の父親の洞哲も治療の時にはその恰好になる。

「美馬先生、お待ち致しておりました。本日は一つ、よろしくお願い致します」

「こちらこそ、よろしく」

　堅い挨拶の苦手な正哲は緊張して頭を下げた。風松が後ろで小さくぷッと噴いた。正哲は振り返って風松をすばやく睨んだ。

「さっそくですが、腑分けをする子供というのはどういう状態で亡くなったんでしょうか」

　正哲は早口で笙船に訊ねた。

「はいはい」

　笙船は正哲と風松の前に茶を勧めながら穏やかな表情で口を開いた。養生所という場所で医療を続けていれば殺伐とした光景にも出くわすことが多いだろうに、その表情も物腰も穏やかで荒《すさ》んだものは微塵もなかった。正哲は笙船の眼に惹かれた。透き通って慈愛深い眼だ。

「初めは具合のよくない父親にくっついてここに来たのです。幸い父親の方は薬を与えると間もなくよくなりました。ところが数日後に子供が腹痛を訴えました。小さい子供のことゆえ、食べ物も受けつけないとなると身体が弱り、すぐさま危篤状態に陥ってしまったのです。黄疸の症状がありましたので肝ノ臓に問題があると思っておりました。ところが酒を飲む訳でもない子供がどうして肝ノ臓を悪くしなければならないかと我々も怪訝《けげん》に思っていたのです。子供は治療が及ばず死なせてしまいました。それで今後のために死因をはっきりさせたいと思いまして腑分けを申し出たのです」

「はあ、そうですか。そいじゃ、さっそく」

腰を上げた正哲に笙船は傍《かたわ》らの医者に指図した。

「美馬先生に十徳を」

「いえ、おれは襷掛《たすきが》けするだけでいいです」

「申し訳ありません。ここでは医者は十徳を着るように定めております。病の感染を防ぐ意味でもご協力下さい。美馬先生は体格がよろしいということでしたので新調致しました。お帰りの時にはどうぞお持ち下さい。またの機会にはそれをお持ちになってお越し下されば結構です」

「は、色々お手数お掛けします」

「そちらの親分も観臓（見学）なさるならば十徳をお貸し致しますよ」

「いえ、あっしは別に……」

「お借りしろ」

正哲が叱るように風松に言った。


板張りの八畳ほどの部屋はがらんとして家具らしいものはなかった。部屋の中央に木の台が置いてあり、白い布を被せた死体があった。明かり取りの窓は季節柄閉じられ、代わりに台の周りに燭台が置かれ蠟燭《ろうそく》の火が煌々と点《とも》された。

腑分けには笙船、風松の他に三人の医者が立ち会った。医者の一人が掛け布を外すと全裸の子供の死体が現れた。皮膚の全体が黒っぽい黄色みを帯びている。しかし、顔はあどけなく口をぽかんと開けている。死体というより木の皮で拵えた人形のようだった。

正哲はその子供の上に屈《かが》み込んで「おッ」という声を洩らした。そのまま「ふう！」と後ろに控えている風松を呼んだ。

「ももんじ屋の息子じゃねェか？」

風松は恐る恐る台の上に眼をやり「さいです。あの時の餓鬼です」と応えた。荒布橋で屋台を出していた亭主の息子だった。

「お知り合いですか？」

笙船が口を挟んだ。

「はい。こんなことになろうとは……あの時、おれが……」

おれがすぐにでも手を施《ほどこ》していたら、あるいは死なずに済んだのではないか。悔恨の気持ちが正哲の胸を塞いだ。

「すまねェな、坊主……」

呟くように言った正哲の言葉がくぐもった。細い眼にじわりと涙が滲んだ。しかし、正哲は太い指でその涙を拭うと、ぐいっと唇を引き結び、鋭利な刃物を少年の腹部に突き立てた。

多量の腹水が溜まっていた。さぞかし苦しかったことだろう。だから立っていることも切《せっ》なくてしゃがんでいたのだ。その腹水の中に、すっかり縮んで硬くなっている肝ノ臓があった。

「ああ、これでは肝ノ臓の役割を全く果たしていない。毒が身体を回ってしまったのですな」

笙船は正哲が木の盆に少年の肝ノ臓を取り出すと納得したようにそう言った。正哲の眼にまた新しい涙が湧いていた。しばらく取り出した肝ノ臓をじっと見つめていた正哲だったが、いきなりそれを真っ二つにした。それは硬くなった肝ノ臓をさらに仔細に確かめようとしたからではなく、悔恨の気持ちのやり場がなくて思わず取ってしまった行動だった。笙船はそんな正哲を特に不審に思う様子もなく、二つに割られた肝ノ臓を覗き込んだ。

「おや？　何か光っておりますな。いや、動いておりますよ」

笙船は驚きの声を洩らした。肝ノ臓の断面に血の色をした何かが動いて見える。それが蠟燭の灯りに反射して光っても見えた。正哲は笙船の言葉にはっとなり、慌てて刃物の先で断面をしごいた。

黄楊《つげ》の葉に似た細かい虫が盆の中で蠢《うごめ》いた。

「うへェ……」

風松がいかにもおぞましい物を見たというように悲鳴を上げた。

「これは何んでしょうか？」

正哲は笙船の顔を見て訊いた。

「肝ノ臓に寄生する虫でしょう。食べ物に紛れ込んで体内に入ったと思われます」

「この子供は生の肉を喰っておりました。そのせいですか？」

正哲の言葉に笙船はぴくりと眉を上げた。

「生で食べておりましたか……それはいけません。この子供の父親は野犬を捕らえて、その肉を捌いて商売をしていたそうです。火を通しておればまだしも、生では……」

寄生虫のために肝ノ臓の硬化が進んだのだ。

この寄生虫に「肝臓ジストマ」という名前が与えられたのは、この時の腑分けから二百年近くも後のことである。

赤黒い血の中で蠢く寄生虫を正哲は長いこと見つめていた。首筋からざわざわと這い上がる悪寒を感じながら、なぜか寄生虫から眼を背けることができなかった。

まるで子供を救えなかった罰を自分に与えるかのように正哲はそれを凝視し続けた。


「先生、大変でしたね」

養生所の門を出ると風松が労《ねぎら》いの言葉を掛けた。

「うん……」

「気持ち悪かったですね？」

「うん……」

「先生、あの餓鬼のおろくを見て泣いていましたよね？」

「…………」

「あっしは先生が涙をこぼすのを初めて見ましたよ。先生も当たり前の人間だったんですね」

「何言いやがる」

「先生、悔やんでいるんでしょう？　屋台であの餓鬼を見た時に、すぐに手当をすりゃよかったって」

風松は正哲の胸の内を見通しているような口調で言った。

「まあな」

「あっしは医者じゃないから、その辺のところはわかりやせんがね。あの時に手当しても、あの餓鬼は助からなかったんじゃねェですかい？」

「…………」

「多分、あの時も手遅れだったと思いやすよ。だから、あの餓鬼が死んだのは先生のせいじゃありやせんよ」

風松は慰めの言葉を自分に掛けているのだと正哲は思った。しかし、そう言われれば言われるほど正哲は自責の念に駆られた。

「どうせ死ぬとわかっている者だから手当もしなくっていいってか？」

「そうは言ってやせんが」

「言ってるだろうが手前ェは！」

顔色を変えて怒鳴った正哲に風松は黙り込んだ。

「人はどうせ死ぬんだ。それだったら医者の手当もいらねェはずだ。手当って何んだ？ ん？ よっく考えてみろ。苦しむ者を少しでも楽にしてやることよ。それが医者の務めよ。見たろ、あの餓鬼。腹に水が溜まってぱんぱんになっていた。飯を腹一杯喰って苦しいと言う奴は泰平楽だと思うがよ、それが四六時中続くとなったらどうだ？ こいつは地獄だぜ。あの餓鬼は小さい身体でそれに堪えていたんだ。おれは切なかったぜ。心底切なかった。もしもお前ェの餓鬼があれだったらどうする？」

そう訊ねた正哲に風松は悲鳴のように「やめて下せェ！」と叫んだ。

「お杏はよ、おていに子ができた時、産んでしまえば子供なんて勝手にでかくなるから頑張って産めと言ったがな、おれは屋台の餓鬼を前にしたら、そいつは嘘だと思ったぜ。勝手になんざ、でかくなるか。親が手を掛け、心を掛けて、ようやく一人前になるんだ。獣の中じゃ、人の子供が一番弱ェよ。そう思わねェか、ふう」

「さいですね」

風松は俯いて相槌《あいづち》を打った。

正哲と風松はそのまま言葉もなく八丁堀に向かって歩き出していた。小石川から八丁堀までかなりの道程がある。その道程はその日の正哲にとって、ことの外、長いものに感じられてならなかった。

勤め柄《がら》、正哲はおろくを前にして徒らに怯えたり不快を感じることはないとは言うものの、幼い子供のそれは、やはり哀れにも切ない。屋台のももんじ屋の子供は何んのために生まれて来たのだろうか。その答えを出せない自分に正哲は苛立っていた。

ただ一つ、肝に銘じたことは、子供は死なせてはならないということだった。これからは、とことん生かす、正哲は落日に向かって独りごちていた。

お杏はその夜、また一人の赤ん坊の誕生を正哲に告げた。

室の梅

一

茅場《かやば》町の山王権現薬師堂、正式には、知泉院薬師堂の縁日は毎月の八日と十二日である。その日、門前には参詣客を当て込んだ植木市が立つ。大層な人出で、それを見ると今更ながら江戸の人々の植木好きを思い知らされる。

おろく医者の美馬正哲は、今まで何度か妻のお杏に、その植木市に一緒に行こうと誘われたことがあった。しかし、混雑の嫌いな正哲はいつも返事をはぐらかしていた。

年が明けて最初の縁日となると、普段よりなおいっそうの人出が予想される。正哲が重い腰を上げたのは、塞《ふさ》ぎがちなお杏の気晴らしになればよいと思ったからだ。

年の暮から、お杏は身体の調子が悪そうだった。

産婆をしているお杏は暮も押し迫ってから、立て続けに赤ん坊を取り上げた。弔《とむら》いとお産は、年の暮だろうが正月だろうが、お構いなしにやって来る。お杏は除夜の鐘が鳴ってからも、産気づいた町家の女房のために夜道を走らされる羽目になった。

朝になって戻って来たお杏に、正哲は横になるようにと言ったが、元日の朝は近所に住む正哲の両親と屠蘇《とそ》で祝うのが恒例となっていた。待っている両親のことを考えて、お杏はそのまま出かけた。さすがに晴れ着に着替える余裕までなく、普段着のままだったが。正哲も着物の上に綿入れ半纏《ばんてん》を羽織った気軽な恰好だった。

正哲の父親の洞哲と母親のおきんは、身仕度を調えて二人を迎えた。お杏は恐縮してお産で戻ったばかりですので、こんな恰好で失礼しますと頭を下げた。神棚に一年の無事を祈願すると、老夫婦と若夫婦は正月の膳を囲んだ。午後からは正哲の兄達もやって来るという。

正哲は両親から正月の祝儀に真新しい紋付を与えられた。お杏には春着の反物である。鴇《とき》色《いろ》の地に白梅が散っている上品なものだった。

おきんは「兄さん達には内緒だからね」と、もったいをつけた。なに、兄夫婦には別に祝儀を用意していて、そちらには「正哲には内緒だからね」と言うのである。

お杏はおきんの手作りのおせち料理や雑煮にさほど食欲を示さず、「もっとお上がりよ」と勧められて困った顔をしていた。

お杏はおきんをがっかりさせまいと、無理におせちや雑煮を口に運んでいたが、その内、具合が悪くなった様子で座を外した。

「お杏ちゃん、おめでたじゃないのかね」

町医者をしている洞哲は、お杏の様子にふと気づいたように言った。

「あん？」

正哲は間の抜けた声を上げ、洞哲の顔を見た。

おきんも得心したように大きく肯《うなず》く。

「そうそう、そうかも知れないよ。いつものお杏ちゃんならお雑煮のお餅、三つは食べるのに、今日はさっぱりだからね。正哲、あんた、余ったのは片づけておくれね」

「おれだって三つ喰ったぜ」

「なにさ、その体格だ。まだ入るよ」

ものを食べさせる時、おきんはかなり強引になる。正哲は洞哲の顔に苦笑いしてみせた。

戻って来たお杏に、正哲は「お前ェ、身ごもったんじゃねェか」と、すぐさま訊《き》いた。お杏は洞哲とおきんの顔をすばやく見て、「よくわからないわ、そんなこと」と少し怒ったように応えた。そういう話は二人きりになった時に切り出してほしいという表情である。

「よくわからねェって、手前ェの身体のことだろうが……」

「お杏ちゃんは忙しいから自分のことを考えている暇がなかったんだ。そうだね、お杏ちゃん」

洞哲は柔らかくお杏の肩を持ってくれる。

「は、はい……」

「おれ、診てやろうか？」

正哲は性懲《しょうこ》りもなく、そんなことを言い出した。

「嫌やよ」

お杏はにべもなく応えた。

「そいじゃ、親父に診てもらえ」

「………」

「ちょいと正哲、お前に診てもらうのが嫌やだと言ってるのに、何んでお父っさんが代わりになるのだえ？　診てくれる人ならお杏ちゃんには何人もいるはずだ。わたいだって、お父っさんの父親に診てもらったことはありませんよ。急病ならともかく……」

おきんはさすがに眉をひそめた。そういう感覚は正哲にはさっぱり理解できない。

「まあまあ、お杏ちゃんはお産婆さんをしているし、言わばその道の玄人《くろうと》だ。何かあった時は、わたしに相談しなさい」

洞哲はその場を取り繕《つくろ》うようにお杏に言った。

「はい。ありがとうございます」

お杏は殊勝に頭を下げた。

帰り道でお杏は、正哲の気配りのなさを口汚く罵《ののし》っていた。

二

茅場町の植木市には、岡っ引きの風松も同行した。

「ふう、お杏な、これかも知れねェぜ」

正哲は自分の腹の前で弧を描いて見せた。

「あんた！」

お杏が癇を立てた声を上げた。

「いいじゃねェか。ふうは子造りの先輩だ。色々、指南してもらうこともあるはずだ」

「おめでとうございます、お杏ちゃん。大事になすって下せェ」

風松は珍しく真面目くさってそう言った。

「ありがと……」

お杏は消え入りそうな声で応え、頬を染めた。

お杏は植木市で春を感じさせる鉢物の一つも買いたい様子である。桜草などの小さな鉢を盛んに物色していた。

「やあ、凄い人だ。江戸にこんなに人がいたんですかねえ」

風松は人出の多さに改めて驚いた声を上げた。門前の通りをはさんで、両端にはびっしりと大小様々な植木が並べられ、かまびすしい呼び声が絶え間なく聞こえている。

子供連れの若い夫婦、孫らしい子供の手を引いた武家の老人、赤ん坊を背中に括《くく》りつけた町家の女房、晴れ着の娘達、寺の僧侶と、ありとあらゆる身分の者が並べられている植木を熱心に見ている。様々な植木の中には得体の知れない植物もあった。肉厚で刺《とげ》のある草とも、実ともつかないものは、水遣りがほとんどいらないということで、植木売りはさかんに通り過ぎる客に声を掛けていた。

「何んだ、ありゃあ」

正哲はどう見ても風情のない植木に呆れた声を上げた。そんな訳のわからないものを買う客がいるとも思えなかった。

「あれは遠い異国から来た代物《しろもの》で、何んて言ったかなあ。しゃぼてん、さぼせんだったかなあ。あの刺は触ると針のように痛ェんですよ。お弓の母親があれを買って、おもしろいからって寝床の傍《そば》に置いたんですよ。夜中に父親が小便に起きて、あれに躓《つま》いて痛ェ痛ェと大騒ぎしたそうです」

風松の話に正哲は噴き出していた。

見れば見るほど、その植木はけったいな代物に思えた。ふと正哲は、それと同じような気持ちになったことを思い出していた。

あれは初めて長崎の土を踏み、間近に異人を眺めた時のことだ。正哲は十代から二十代に掛けて、長崎に遊学して医術の修業をした男だった。

異人は長崎の出島で暮すオランダ人であった。同じ人でありながら髪の色が違う、眼の色が違う、肌の色も話す言葉も。

まじまじと眺める正哲を朋輩《ほうばい》は、そんなに不思議そうに見るものではないと窘《たしな》めた。刃物で斬れば、真っ赤な血が流れるのはお前と同じなのだからと。

正哲には未だ見ていない景色がある。遠い異国の土地のことだ。そこには目の前の植木のようなものが当たり前のように生息していて、人々もさして不思議と思わずに暮らしているのだ。医術にもそれは言える。この国で治せないと考えられる病も、あるいは、異国ではとうに治療の方法が見つけられているのかも知れない。鎖国という国の政策が是か非か正哲にはわからない。しかし、自分は井の中の蛙《かわず》に過ぎないのだと時々思う。井の中の蛙でもいつか大海を知ることができるのだろうか。

年が明ける前、京橋の水谷町にある大槻玄沢《おおつきげんたく》の芝蘭堂《しらんどう》で、オランダ正月の宴が催された。江戸の蘭学者達が一堂に集まるのだ。大槻玄沢に私淑している正哲は、その末席につくことができた。オランダ正月は太陽暦による元旦であって、それを祝う習慣は寛政六年（一七九四）の閏《うるう》十一月十一日から始められた。

正哲は玄沢の師匠である杉田玄白の尊顔を拝することができるかと大いに期待しても

いた。

残念ながら、その日、玄白は風邪のために出席できなかった。しかし、玄沢は師匠が『解体新書』を発刊するまでの経緯《いきさつ》を文章に書き綴っているという。

『解体新書』はオランダの医学書『ターヘル・アナトミア』の翻訳である。オランダ語を一語も解《かい》せなかった当時の杉田玄白の苦労は、いかほどのものであったか。正哲は想像するだけで途方に暮れる思いがする。正哲は玄白の回想録である『和蘭事始《わらんことはじめ》』(『蘭学事始』ともいう)の完成を心待ちにしていた。玄白がいなかったなら、蘭方の医術を修める医者は今よりずっと少なかったことだろう。

「あんた……」

物思いに耽《ふけ》っているような正哲の袖を、お杏がつっと引いた。

「あたし、あれがほしいのだけど」

お杏は紺色の瀬戸の鉢に植えられている小さな梅の木を指差した。盆栽のようだ。白い花びらが幾つかほころび、なかなか風情がある。

「いいじゃねェか」

「でしょう?」

その気になった二人に風松は間髪を容《い》れず、

「駄目ですよ、お杏ちゃん。あれは室《むろ》で咲かせた梅ですからね、寒さですぐに枯れてしまいやすよ」と言った。

「そうなの？」

植木のことになると、お杏はからっきし駄目である。それは正哲も同じだった。

「ふうちゃんがそう言うのなら諦めよう」

お杏は未練ありげだったが、その場から離れようとした。その時、植木棚の陰から若い男がすばやく出て来て「ご新造さん、素通りなさるんですか？　せっかくお気に召していただいたというのに……」と、鼻に掛かったような声で言った。

「あら、あんた……」

お杏は男の顔に見覚えがあるらしく驚いた顔をした。

「仙台屋さんの手代さんじゃなかった？」

お杏の声に風松も気づいて「美代治《みよじ》じゃねェか。何んだ、こんなところで。店はどうしたのよ」と訊いた。

「これは松屋町の親分。お務めご苦労様です」

仙台屋は八丁堀から海賊橋を渡ったところにある本材木町の米屋である。一合から量り売りをする小さな米屋だった。美代治と呼ばれた男はそこの手代をしていた。

「植木売りをしているダチが急にはらいたを起こしましてね、今日の縁日を逃したら晦日《みそか》の支払いができないと泣きついて来たもので、仕方なく手伝っているんですよ」

「お前ェ、植木のことは知っているのか？」

「そりゃ、少しは……産婆のお杏さんと、えと……」

美代治は正哲の名前を思い出そうとして小鬢《こびん》を掻いた。

「おろく医者の美馬先生だ」

風松がそう言うと「そうそう、そうでした。もっぱら死人《しびと》ばかりを診るお医者さんでしたよね？　あれ、お杏さんと先生はご夫婦でしたか？」と、初めて気づいたように訊いた。

「そうだ、悪いか？」

風松が脅すように言ったので正哲は苦笑した。

「別に悪いことはありませんよ。お杏さん、どうです？　梅は可愛いですよ」

美代治は風松の言葉をやんわりとかわしてお杏に梅の木を勧めた。

「でも、室で咲かせた早咲きの梅なら、すぐに寒さで駄目になるんでしょう？」

「そんなことはありませんよ。暖かい所に置いていただければ花が楽しめますよ。ほら、ここにもここにも、蕾《つぼみ》がありますでしょう？　次々に咲いてくれますよ」

美代治は熱心に喋った。人懐っこい眼をしている。物言いも穏やかである。笑った時には口許にきれいに並んだ白い歯が覗いた。他の植木売りのように賢《さか》しい表情はしていない。

お杏がその梅を求めたのは美代治の男振りにほだされたからではないか、と正哲は後でふと思った。

「いくら小さい米屋でも、店を途中で抜け出して、他人の商いの手伝いをするというのはどういうことだ?」

美代治の傍から離れると、正哲は風松に訊いた。

「仙台屋はあいつの叔父に当たるんですよ。だから少々の我儘は利きますよ」

「そうなのか。植木売りの手伝いにしちゃ、やけに様《さま》になっていたな。ああいう男は何をやってもそつなくこなしてしまうんだろう。頭がいいんだな」

正哲は美代治の如才なさに半ば感心してもいた。仙台屋は、もと深川の仙台堀の傍に店を出していたので、屋号を仙台屋と定めたらしい。十年ほど前から日本橋に引っ越して来たという。

「あいつは江戸者じゃねェんですよ。実家は大坂で結構、でかい米屋をやっています」

そう言えば、美代治の言葉つきに上方ふうの訛りが微《かす》かに感じられた。鷹揚《おうよう》な感じを受けたのも育ちのよさによるものかと正哲は納得した。

「どうして江戸まで下って来たのよ。向こうにいても喰うには困らないだろうに」

「奴は向こうでドジを踏んだんですよ」

風松は訳知り顔で応えた。

「何んでも米の横流しをやって、それを貧乏人に配ったそうです。それでお上からお叱りを被り、所払いになったと聞きやした」

「それで江戸にやって来たという訳か、なるほどな」

「お縄になった時も同情する者がわんさといて、奉行所には美代治を許してやってくれという者が後を絶たなかった。向こうじゃ、ちょっとした人気者だったそうです」

「義賊きどりか……」

「なあに、義賊って」

お杏が梅の鉢を抱え直して口を挟んだ。正哲はお杏の身体のことを思い出して「おれが持つ」と言った。風松はふっと笑った。

「義賊っていうのは、金持ちから金を盗《と》って、困っている者に分け与える奴のことよ」

正哲はお杏にそう教えた。

「仙台屋さんでも美代治さんのことは、とても評判がいいのよ。年寄りにも親切だし。美代治さんに品物を届けてほしいという客が多いって話よ。だから、縁日の手伝いにも仙台屋のご主人は快く出したんでしょうよ」

お杏も美代治の肩を持つような言い方をした。

美代治は風松と同い年だった。落ち着いた様子が風松より三つ、四つ年上に見せている。

正哲は美代治の事情を聞かされても、どこか腑に落ちない気持ちがしていた。米の横流しという大胆な手口は、その風貌にそぐわないと思った。が、それきり正哲は美代治のことを忘れていた。

茅場町の縁日は日の暮れるまで大した盛況であった。

三

美代治から買った梅の鉢は縁側に置いて、しばらく目を楽しませてくれたが、風松の言った通り、十日も過ぎたら花が落ち、咲いてくれるはずの蕾も、さっぱりその気配を見せなかった。

「やあ、すっかり騙されちまったなあ」

未練がましく水遣りをするお杏に正哲は笑った。

「次々に咲くって言ったのに……」

「文句を言って来い」

「言ったけど、でもあの美代治、お杏さんがいじり過ぎたからじゃないですか、だって。悔しいったらありゃしない」

腹立ち紛れにお杏は美代治の名を呼び捨てにしている。

「敵はお前ェより役者が一枚、うわ手だ」

「もう、こんなもの、いつまでも置いててもしようがないから、表に出してしまうわ」

お杏はぷりぷりして梅の鉢を持ち上げた。

表の戸口の傍に正哲が拵《こしら》えた植木棚がある。

そこには万年青《おもと》なども置いてあったが、もっぱら枯れてしまった鉢物の捨て場所のようになっている。空《から》になった素焼きの鉢も幾つか積み重ねられていた。

お杏が茶の間に戻って来て茶道具を引き寄せた時、正哲は口を開いた。

「誰か医者に診てもらったか？」

お杏の身体のことが心配だった。

「うん。薬研堀のお条さんに……」

「中条じゃねェか」

正哲は呆れた声を上げた。中条とは堕胎専門の女医者のことを指す。薬研堀のお条は、お杏の死んだ祖母の知り合いであった。

「中条だって身ごもっているかどうかはわかるわよ」

「それで？」

「三月《みつき》だって」

お杏は少し昂《たか》ぶった声で言った。

「そいじゃ、十月十日《とつきとおか》後というと、今年の九月頃か？」

「八月の半ばになるわ。十月十日というのは正確な日数じゃないのよ。最後の月のものがあった日を憶えている人なら、そこから数えて九ヵ月と半月目が出産予定日になるの」

「ふうん。ま、とにかく夏の盛りは過ぎているから、お前ェも少しは楽だな」

陰暦の八月は秋になる。陣痛の苦しさに夏の暑さが加わることだけは、避けられたようだ。

「大事にするこった」

「他人事《ひとごと》みたいに言うのね」

「そういうつもりはねェが……よかったな」

「うん……」

その日の二人は口数が少なかった。お互いに子供の親になるという感慨が胸の中に拡がっていたからだ。正哲は特別に子供好きでもないが、夫婦の間に子供ができないと定められては辛いものがある。お杏のためにはよかったのだと思う。お杏は石女《うまずめ》の産婆と陰口を叩かれたこともあったからだ。


植木市で正哲が美代治に出会ったことに、何か因縁めいたものがあったのだろうか。

本材木町の仙台屋に押し込みが入り、仙台屋の主《あるじ》夫婦と三人の子供達、住み込みの手代、丁稚《でっち》の七人が一度に殺されてしまうという事件が起きた。晦日のことだった。

仙台屋には他に通いの女中と番頭、それに美代治がいたが、女中と番頭は店が終われば家に帰るので難を逃れ、美代治もたまたま外に飲みに出ていて助かった。

最初に自身番に知らせて来たのは美代治だった。その日、お杏はたまたま夜中のお産があり、すっかり終わった時は明け方になっていた。正哲はお杏が家に戻った時「あい、ご苦労さん」と、労をねぎらった。お杏は戻るとすぐに床に入ってしまった。

それから、どれほど時間が経ったろうか。

風松が血相を変えて正哲を呼びに来たのだ。


仙台屋には北町奉行所の定廻り同心、深町又右衛門が中間の芳三と一緒に先に着いていた。

深町も眠気を無理やり覚まされて不機嫌な顔をしている。出仕《しゅつし》前の事件である。髪を結う暇もなかったようで鬢《びん》のほつれ毛が目立っていた。仙台屋の店前には早くも噂を聞きつけた野次馬が集まり、芳三はすぐさま、その整理に追われた。深町は美代治に事情をあれこれと聞いていた。美代治の眼は赤くなっている。

「旦那、美馬先生をお連れしました」

風松の声に深町が振り返り、軽く顎をしゃくった。

「仏は中ですか？」

正哲は事務的な声で訊いた。

「うむ。おぬしが来るのを待っていたのだ。そいじゃ、中を見るか？」

深町は羽織の裾を捲《まく》って足を踏み出した。

店の中は血なまぐさい。仄暗い廊下がぬるぬるするのは血のせいだった。正哲の後ろから風松と美代治が恐る恐る続いた。

台所に通じる廊下に倒れていたのは十五歳になる長女のおりつだった。刃物を使っての滅多刺しである。逃げようとしたところを後ろからやられたようだ。台所にはおりつの弟で長男の弥平《やへい》が仰向けに倒れている。眼をカッと見開いていた。深町は弥平の瞼《まぶた》に手を添えて閉じてやった。内所に続いている奥の部屋には仙台屋の夫婦、繁次郎《しげじろう》とおとき、それに末っ子のお花が蒲団の上でこと切れていた。

蒲団も血に染まり、もとの柄や色がよくわからない。美代治はお花の亡骸《なきがら》が目に入ると堪まらず咽《むせ》んだ。お花は美代治によくなつき、一緒に遊んでやることが多かったという。

内所から出て、二階に通じる階段の下に手代の五助《ごすけ》が倒れていた。階下の様子がおかしいので下りて来たところをやられたようだ。

二階は住み込みの奉公人の部屋で、その部屋の前に丁稚の長松《ちょうまつ》が倒れていた。

「このやり方から女の手口も考えられますね」

正哲は一人一人の検屍を続けながら深町に言った。女の下手人が刃物を使って殺しを働く場合、傷が多くなるのがこれまでの通例だった。

「うむ。しかし、これだけの人数を女一人で殺《や》るというのはどうかのう」

「もちろん、仲間はいるでしょうよ。賊の中に女も混じっているということですよ」

「多分、そういうことになるのだろうの」

深町の言葉に美代治がふと気づいたように、

「そう言えば、二、三日前、女中にしてくれという女が店に訪ねて来ました。叔父さんは、もう一人女中を雇いたがっていたので口入《くちい》れ屋に話をしておりました。しかし、やって来た女の後ろに人相のよくない男がついていたので、面倒があっては困ると叔父さんは断ったんですよ」と言った。

「事前に様子を窺っていたか……」

深町はそう言って深い吐息をついた。すぐに「で、金はいかほどやられた？」と美代治に訊ねた。

「へい。晦日《みそか》でしたから、掛け取りで集めたものを合わせると三十両ほどでしょうか。ですが、銭箱が見えません」

「それはいつもどこに置いていた？」

「へい。店を開けている内は帳場に置いて、その後は内所に運んでいたと思います」

「お前は店にいなかったようだが、どうして外に出ていた？」

「へい……帳簿付けに手間取りまして、少し疲れてもおりましたので終わってから一杯やろうと外に出たんですよ。つい調子に乗って、気がついたら夜が明けておりました。それで慌てて戻ったところがこの始末です……すっかり動転してしまいまして、足ががくがくしましたが、ようやく自身番に届けたという訳です」

「なるほどな。飲んだ店は何んという」

「八丁堀の提灯掛横丁にある『ほたる』という店です」

その店なら正哲も時々行くので知っている。

「賊は夜中に忍び込んで寝込みを襲ったんだな」

深町が独り言のように呟くと美代治は「きっとそうです。何もこんな小さい子供まで手に掛けることはないのに」と声を詰まらせた。

「いえ、夜中じゃねェですよ。明け方になってからですよ。蒲団の中はまだ生温かいですから」

正哲はすかさず言った。

「わたしがいたら、一人でも助けられたのに」

美代治は泣き声を高くして言った。

「お前ェがいたら、同じように殺《や》られていたかも知れねェぜ」

深町はそんな美代治を慰めるように言った。

「こんな思いをするなら、いっそ一緒に死んだ方がましというものです」

美代治は拳で眼を拭いながらそう言った。

美代治の言葉に風松は自分も洟《はな》をしゅんと啜《すす》った。

「風松、後で美代治から話を聞き、女の人相書きを作る手配をしろ。自身番に配る。町年寄、裏店の大家にも伝えなければなるまい」

深町は風松に指示を与えた。

「へい」

正哲と深町は手代と丁稚の部屋である二階の座敷にも上がって見た。

そこは別に変わった様子も見られなかった。

どうやら賊は二階の部屋には入らなかったようだ。

「賊は階段で手代と丁稚を殺すと、中を覗き、誰もいないことを確かめ、すぐに引き上げたようですね」

正哲がそう言うと、「手代の部屋には金目のものはないと踏んだのだろう」と、深町が応えた。二人はそのまま階下に下りた。

仙台屋一家の検屍はいつもより時間が掛かり、ようやく終わったのは昼過ぎになっていた。これから家族の弔いやら、血で汚れた家の中の掃除やら、大変な仕事が残っている。

美代治は「後のことはすべてわたしが行います。世話になった叔父さん一家のことです。甥のわたしがするのは当然のことです」と健気《けなげ》に言った。

「先生、あの美代治をどう思うかの」

風松と美代治を仙台屋に残し、奉行所に報告をするという深町は正哲を伴って外に出た。二、三歩遅れて芳三がついて来た。

正哲も検屍医として所見を報告しなければならない。歩く道々、深町は正哲に訊ねて来た。

「下手人として目星をつけて置くかどうかですね？」

「うむ。最初に事件を発見したのは奴だからの、下手人の線から全く外すというのを迷っておるのだ。念のため、身辺を探った方がよかろうの」

「その方がいいでしょう。ふうの話を聞いて、ちょいと気になることもありますから」

「何んだ？」

深町は怪訝な顔を正哲に向けた。

「奴は上方の出身だそうですね？」

「うむ」

「米の横流しが見つかり、所払いを喰らったそうじゃねェですか」

「手前ェから喋っているのよ。普通なら隠すんだが……弱い者の味方をしてやったと大威張りなんだろう」

「向こうじゃ大した人気者だったそうですね」

「うむ。それはおれも聞いた。それが気になるのか？」

「いや、ちょいと腑に落ちねェだけです。奴の狙いは何んだったのだろうと。同情だけなんでしょうかね？　手前ェを犠牲にしてまで人のために尽くすってェのは、こちとらの了簡が狭ェせいで、よくわからねェんですよ」

「それはおれも考えた。そこまでやるかと思った。お釈迦《しゃか》様でもあるまいし……」

深町の言葉尻に皮肉なものが含まれたと正哲は思った。しかし、これまでの美代治には不審なものは感じられなかった。それどころか近所の受けもなかなかいいのだ。正哲も美代治の表情から怪しい部分は感じていなかった。下手人は捕らえると様々な嘘や言い逃れをする。調べを進めて行く内に、その嘘がばれてしまうのだが、嘘と見抜くのは確かな証拠よりも、市中を取り締まる役人としての勘が働く場合が多い。それは犯罪の臭《にお》いとも言うべきか。その臭いに深町も正哲も敏感に反応して来た。美代治にはそれが微塵も感じられなかった。

四

美代治は仙台屋一家の弔いを立派に出した。

弔い客に挨拶する美代治は喪服に包んだ身体を縮め、悔《く》やみの言葉を掛ける客に、いちいち丁寧に応えた。

あんな事件のあった後だから、仙台屋はしばらく仕事にならないのはわかるが、暇になった美代治は風松にくっついて歩くようになった。一刻も早く下手人を挙げたいという気持ちでもあるのだろう。

その一方で、訊ねられると事件のあらましを詳しく話して聞かせ、人々の同情を買っている。

事件の起こる前に仙台屋に女中奉公を願い出ていた女は確かにいて、それは番頭の治助《じすけ》も憶えていた。やがて、女の人相書きが市中の高札《こうさつ》に貼られた。

深町又右衛門は美代治が事件の第一発見者であることで、一応は彼の身辺に探りを入れて見た。仕事は熱心であったが、店が終わった後の遊びはかなり派手であった。しかし、番頭の治助の話では、上方の両親から定期的に小遣いが送られて来ているという。美代治はさほど金には不自由していなかったらしい。となると、金目当てで押し込みの手引きをする線は崩れる。やはり、訪ねて来た女を挙げることが先だった。

美代治は聞き込みをする風松にくっついて、昼の時分になれば身銭を切って風松に昼飯を奢り、夜は飲み屋に誘うことも度々あった。

風松は美代治とすっかり意気投合して、あいつはいい奴ですよ、と美代治贔屓《びいき》を臆面もなく表すようになった。美代治は正哲にも言葉掛けがよく、気の利いた冗談を言って笑わせることが多かった。

高札に女の人相書きが貼られて十日ほど経った頃、とある商家の主人が、自分の所にいた女中ではないかと、自身番に届けて来た。

深町はすぐさま中間の芳三と風松を伴って、その店に向かった。もちろん、美代治も一緒だった。もう今では風松の傍に美代治がいることが当たり前のように思えた。

米沢町の蠟燭問屋「尾張屋」の主人は、高札の人相書きを見て、昔、その店に奉公していたおすがという女に似ていると言った。今年、二十五になる女で、二年前に所帯を持つので暇をもらって店を出たという。しかし、錺職《かざりしょく》をしている亭主とはうまく行かず、その内に行方が知れなくなっていた。岡場所にでも身を落としているのではないかと、主人は心配していたらしい。

美代治は尾張屋の主人の話を熱心に聞き、おすがの人相が仙台屋に訪れた女とよく似ていると言った。深町はそれから各自身番に手配して、岡場所にいるおすがらしい女の捜索に乗り出すことにした。

風松は尾張屋での話が済むと深町と別れ、美代治と一緒に正哲の家を訪れた。

正哲は仙台屋の家族が殺された図に見入っていたところだった。

検屍の詳しい書き付けを出さなければならない。深町に急かされて、正哲は筆を取っている途中だった。しかし、事件も時が過ぎてしまえば記憶も朧《おぼ》ろになり、曖昧な部分も出て来る。

死人の倒れていた向きがどっちだったのか覚束《おぼつか》ないものも二、三あった。何しろ、一家七人の殺しである。

「先生、仙台屋殺しに関わっている女に、ちょいと目星がつきそうです」

風松は少し興奮した声で言った。

「ほう」

「米沢町の尾張屋という蠟燭問屋にいた女中のようです」

「美代治、お前ェもそう思ったのか？」

正哲は美代治に訊ねた。

「はい。尾張屋のご主人のお話を聞いて来ましたが、よく似ています。いずれ捕まった時、わたしが顔を見れば、はっきりわかると思います」

お杏は風松と美代治に茶を出しながら「美代治さん、すっかり下っ引きが板に付いたわね」とからかった。すると美代治は真顔になって「わたしは一刻も早く、下手人を挙げたいだけですよ。そうじゃなかったら叔父さんも皆んなも浮かばれません」と声を荒らげた。

「ごめんなさい。馬鹿なことを言ってしまったわ。本当にそうよね」

お杏は素直に謝った。

「親切にしてくれる人もいますけれど、中にはわたしが下手人じゃないかと疑っている人もいるんですよ。わたしはそれが悔しくて……」

美代治は悔し涙を浮かべて言った。

「大丈夫よ、その内にきっと下手人は見つかる。うちの人もふうちゃんも一生懸命調べてくれているから」

お杏は美代治の涙に慌て、取り繕うように言った。

「おう、美代治。ところでちょいと訊ねてェことがある。二階にいた長松な、頭はどっちの方を向いていたかな?」

正哲のいたずら書きのような図には細長い円に手足を示す短い線が描かれている。それだけを見れば、どっちが頭なのかよくわからなかった。美代治は正哲の手許を覗き込み、しばらく思案してから「階段の方が頭だったと思います」と言った。

「ありがとよ。助かったぜ」

「先生、これをどうなさるんです?」

美代治は書き込みをした正哲に訊ねた。

「死人の様子を詳しく書いて奉行所に出すのよ。お奉行はそれを参考にお裁きをするんだ」

「そうですか。色々、ややこしいんですね」

「当たり前ェだ。運悪く仏さんになっちまったんだ。いい加減なことをしちゃ罰が当たるというものだ。なあに、仏さんは下手人のことを教えてくれるから、いずれ捕まるさ」

「仏さんが教えるんですか?」

美代治は呑み込めない顔で正哲のいかつい顔をまじまじと見つめた。

「そうだ。おいらは、わたしはこんなふうに殺されましたと、おれに教えるのよ。仙台屋の殺しは裏にあった薪割りを使ってやったんだ。血を拭ってあったが仏の傷口と、その刃物の形がぴったりと合っていた。それと匕首《あいくち》だ。滅多刺しにしていたのは、下手人が一撃を与えた時、やられた方は手足をばたばた動かしてもがくから、早く殺してしまえとばかり刃物を何度も振《ふる》ったのよ。一番ひどかったのは長女のおりつだ。ひどく暴れたせいか、それとも下手人に悪態をついて怒らせてしまったか、だろう。だが、他は寝込みを襲われて抵抗する間もなく殺られていた。押し込みが入ったのはわかっただろうが、起きてすぐじゃ、頭が働いてくれねェもんだ。昼間だったら、こんなに死人は出なかっただろうよ」

正哲の言葉に美代治は感心したように深い溜め息をついた。

「よくわかるものですねえ。さすがおろく先生だ」

「美代治、先生は医者になってから、おろくの仕事ばかりやって来たお人だ。ああ死んだ、殺されちまっただけじゃなく、いつ、どこで、どんなふうに、どんな理由で、というところまで考えてくれるのよ」

風松は得意そうに美代治に言った。

「それにな、そこにいるお杏ちゃん。これが先生に負けずに勘がいい。先生のいねェ時は代わりの役目もするんだ」

「何言ってるのよ、ふうちゃん。代わりなんてするものですか」

お杏は慌ててそう言った。だが、ふと気づいたように「そう言えば、事件のあった日、あたしは仙台屋さんの前を通ったのよね。あたし、とても疲れていたから、はっきり憶えていないのだけど、仙台屋さんから誰かが出て来るのを見たような気がするのよ」と言った。

「お前ェ、どうしてそれを黙っていたのよ」

正哲が詰《なじ》るような口調でお杏に言った。

「あたし、あの時、頭がぼうっとして、家に帰ると、すぐに寝てしまったでしょう？　起きてから仙台屋さんのことを聞いたものだから、勘違いして前の日のことだとばかり思ってしまったのよ。でも、よく考えると上槙町《かみまきちょう》の大工の源さんのところのお産から戻った時のことなのよ。源さんに新場橋《しんばばし》まで送ってもらったから、源さんも、もしかして気がついていたかも知れないわ」

「あの、お杏さん。それはわたしのことじゃないですか？」

美代治がおずおずと口を挟んだ。

「え？」

「わたしは朝方まで飲んでいて、それから店に戻りましたから、その時、お杏さんはわたしを見掛けたんじゃないですか？」

「…………」

「もしも、わたしじゃなかったら、それはもちろん、下手人ということになります。わたしは下手人とひと足違いで擦れ違ったことになるんでしょうか」

美代治はそう言った。顔が青ざめている。

「よくわからないわ。でも、あんたはお店に戻って事件に気づき、それから自身番に知らせたのでしょう？」

「はいそうです」

「明六つ過ぎてのことだと聞いたけど……」

「はい……」

「わたしが仙台屋さんの前を通ったのは、もっと早い時刻のことだと思うのよ」

「そいじゃ、下手人です、それは！」

美代治は昂ぶった声を上げた。

「そうかも知れないわね。肝心なことだから、これからじっくり思い出して見るわ」

「そうして下さい」

美代治はお杏に頭を下げた。

風松と美代治が引き上げると、正哲は「戻った、出て来た」と謎のように呟いた。

「なあに？」

お杏が不思議そうに正哲に訊ねた。

「お前ェはあの日、仙台屋から人が出て来るのを見たと言った」

「ええ」

「美代治は最初、自分じゃないかと言った」

「ええ」

「自分だとしたら、仙台屋に戻ったところだった……こいつが肝心なんだが、戻ったところなら奴の身体の向きは後ろ向きだ。お前ェには背中が見えていたはずだ。お前ェは人が出て来るのを見たと言った」

「だとしたら、あたしが見たのは下手人なのかしら」

「いってェ、そいつは誰なんだ。美代治だったのか、それとも別の奴だったのか？」

「だから、それがはっきりしないのよ。仮によ、あたしの見た人が美代治さんだったらどうなるの？」

「それが美代治だったら、奴が自身番に届けを出して来た時刻と微妙に喰い違う」

「何んのために時刻をずらす必要があるの？」

「町木戸はお前ェが戻る時刻には開いちゃいねェ。お前ェは産婆だから、すんなり通れるが」

「町木戸が開くのを待つのは何んのため？」

「恐らく、銭箱を他に運ぶためだ」

「……」

「大工の源さんが気がついているかも知れねェ。後で訪ねてみるつもりだ」

「でも、でもよ。あたしがじっくり思い出してみると言ったら、美代治さん、そうして下さいと頭を下げていたじゃない。もしも、自分が下手人だったら、そんなこと言わない」

「……」

正哲は混乱していた。美代治は仙台屋の事件について協力的であった。やましい部分があるのなら、風松や正哲から距離を置くものではないだろうか。だが、美代治はむしろ自分達に接近している。美代治が下手人だとしたら、その行動がことごとく不自然であった。

五

深川のアヒルから人相書きによく似た女が見つかったと知らせがあった。アヒルとは深川にある岡場所の隠語だった。昔、その辺りが網干し場であったことから、網が干《ひ》るが縮まってアヒルと呼ばれるようになったのだ。

知らせて来たのは深川の岡っ引き、捨吉《すてきち》であった。捨吉はその女をすぐさま、三四《さんし》の番屋に連行したという。

三四の番屋は本材木町の三丁目と四丁目の間にある調べ番屋である。建物が自身番よりはるかに大きく、下手人を収監する牢も備えていた。

知らせを受けた時、正哲はちょうど本八丁堀の自身番で深町や芳三、それに風松と一緒にいた。深町は仙台屋に寄って、美代治を同行させるように風松に言い、ひと足先に正哲とともに三四の番屋に向かった。


棒縞の着物の上に半纏を引っ掛けた女は俯いたきり、顔を上げなかった。深町や正哲が入って行っても、こちらを見ようともしない。

尾張屋の主人の話では、おすがは二十五であるはずだが、目の前の女は、まるで四十女のように老けた顔をしていた。これまで、さほどいい思いもせずに暮していた様子が察せられた。

美代治と風松はほどなくやって来た。

「美代治、どうでェ、この女に間違いないか?」

深町は美代治に訊ねた。美代治は女の顔をまじまじと見つめ、ふうっと深い吐息をついた。

「駄目です。この女じゃありません。よく似ていますが……」

「………」

「しかし、よく似た女もいるものですねえ」

「本当に違うのか？」

深町は念を押すように美代治に言った。

「残念ながら……」

美代治がそう言うと女はキッと顔を上げ、

「旦那、それじゃわたしはもう用なしですね？　これでご無礼してもよござんすか？」と蓮《はす》っ葉《ぱ》に言った。

「待て、番頭の治助にも念のため、顔を見てもらう」

深町は未練がましく、そう言った。

「旦那、番頭さんは女の顔をちらりと見ただけですから、わたしほど憶えてはおりませんよ。確かに、この女じゃありません」

美代治はきっぱりと言った。深町は正哲と顔を見合わせた。

岡っ引きの捨吉も「もう一度訊ねるが、お前は日本橋の本材木町の仙台屋に行ったことはねェんだな？」と女に念を押した。

「仙台屋なんて、見たことも聞いたこともありませんよ」

「帰ってよし」

深町は力なく言った。女はその瞬間に舌打ちして、忙しいのに手間を喰っちまった、と悪態をついて番屋を出て行った。

「美代治、お前ェも引けていいぜ」

深町は美代治にも言った。

「はい。お役に立ちませんで……そいじゃ、これでご無礼致します」

美代治は済まなさそうな顔で出て行った。

「振り出しに戻ったか……」

深町の言葉には溜め息が混じった。

「先生、いったいこの先、どうしたらよかろうの。七人もの人間が殺されているというのに下手人の目星がつかないたァ、どういうことなんだ！」

深町の言葉が次第に激しくなっている。

「似ているけど違うってェのは、何んでしょうね？」

「ん？」

正哲の言葉に深町は怪訝な眼になった。

「下手人らしいのが捕まれば、顔を見た者なら、わかりますよね。すぐにこいつだと声を張り上げるものです。ところが、美代治はじっくり見て、似ているけれど違うと言った。似ているけれど自信がねェから調べてくれと言うんならわかるんだが……」

「よくわからぬ」

深町は苛々して月代《さかやき》をぽりぽりと掻いた。

「先生は美代治を怪しいと思っているんですかい？」

颪松は心細い声で正哲に訊ねた。

「怪しいも怪しくねェも、最初に事件を発見したのはあいつだ。おれはそこに拘わっているのよ」

「そりゃそうですが、あっしは美代治が下手人とはどうしても思えません。あいつに人殺しなんざできませんよ」

颪松は美代治を信用し切っている様子だった。

「旦那、事件が振り出しに戻ったとおっしゃるなら、どうでしょう、最初から一つずつ洗い直してみませんか？」

正哲は深町にそう言った。

「あの女はどうも引っ掛かります。仙台屋に事件の前に現れた女は男と一緒だった。そいつは女の亭主か間夫《まぶ》だ。その男のことも調べる必要があると思いますが」

「よし、捨吉、おすがの身辺をもう一度探れ。男だ、男がいたら知らせろ」

「へい」

捨吉はすぐさま表に出て行った。

「面《つら》というのは不思議なもんですね」

正哲は呟くように言った。「下手人を挙げる時、旦那もふうも、いや、このおれもそうですが、人相の悪さで決めつけているようなところはありやせんか？」

「何が言いたい……」

深町は低い声で正哲に訊ねた。

「美代治の面ですよ」

「…………」

「笑うと感じがいい。年頃の女だったら、奴が甘い言葉を掛けるだけでその気になるでしょうよ。物腰も柔らかく客のあしらいがうまい。人は誰だって奴にいい感情を持つ。だが、よく考えりゃ、奴だって上方で悪事を働いて来た男だ。何も彼《か》も奴の言い分を信じるのもどうだろうかと考え始めているんですよ」

「だけど先生、美代治は貧乏している奴らのために米の横流しをしたんですぜ」

風松はどこまでも美代治を庇《かば》う。

「問題はそこよ。奴の実家は結構な身代、育ちも悪くねェ。父親も母親も、きっと祖父《じい》さん祖母《ばあ》さんにも美代治、美代治と可愛がられてでかくなった。手柄を立てれば家族は人の何倍も褒めそやす。悪さをしたところで庇う。米の横流しにしろ、親は困っている人のためにやったんだ、美代治が悪いんじゃねェ、ご政道が悪いんだと慰めたとしたらどうだ？　奴は罪の意識はかけらも持たねェじゃねェか」

「おぬしの言いたいことはよくわかる。したが、仙台屋は実の叔父だぞ。叔父の一家を皆殺しにするというのは解《げ》せぬ。米の横流しとは訳が違う」

深町は正哲にそう言った。

「上槙町の源五郎という大工に話を聞いて来たんですよ」

正哲はお杏が事件のあった朝に仙台屋から男が出て来るのを見たと聞いて、二人で上槙町の源五郎を訪ねてみたのだ。驚いたことに美代治が先に源五郎を訪ねて仔細を聞いて行ったという。源五郎も、その朝のことをよく憶えていなかった。美代治がほっとしたのか、がっかりしたのかは正哲はわからなかった。しかし、源五郎は仙台屋と美代治のことで気になることを話してくれた。

「仙台屋の長女のおりつは源五郎の娘と同い年で、家が近いことで親しくしていたそうです。源五郎の娘のおたつによると、おりつは美代治のことは大嫌いと言っていたそうです」

「ど、どうして……」

風松が慌てて正哲に訊いた。

「帳場の金をくすねて、仙台屋の主《あるじ》に見つかると嘘ばかりついていたそうです」

「おりつの年頃は小《ちい》せェことでも許せねェものだからな」

深町が相槌《あいづち》を打った。

「嘘を見抜かれるとさらに嘘をついて、手に負えない男だとおりつは思っていたようです」

「外面《そとづら》と内面《うちづら》が違うか……」

深町は宙を睨んで思案する表情になった。

「もしも、美代治が仙台屋の事件の下手人とすれば、金が目的ではねェと思います。いや、店の金に手を付けていたことは、いたでしょうが、それよりも、くすねたことがばれるのを奴は恐れていたんじゃねェかと、おれは思っているんですよ」

「美代治が一人で事に及んだのか？」

「仲間はいるでしょう。銭箱の中味を渡す条件なら一枚嚙んで来る奴は何人もいる。思い切って押し込みに見せ掛けるというのは大袈裟過ぎますかね？」

「考えられる……」

深町は大きく肯いていた。

正哲にそこまで言わせたのはお杏のひと言のせいだった。源五郎の裏店を訪ねた時、ひと足早くやって来たという美代治のことを「いちいち足取りを消しているのね」と何気なく言ったからだ。

お杏はその時点から、もう美代治を信用していなかった。

「これだけの事件を起こしておいて、下手人の姿がさっぱり見えて来ないということは、何か見落としているからじゃねェんですか」

「よし、美代治をしょっ引いて、もう一度調べてみよう」

深町は組んでいた腕を振りほどくと、力強く言った。

六

翌日、早くも新しい展開があった。深川の捨吉がおすがの間夫を見つけたのだ。捨吉は朝になって本八丁堀の自身番にやって来て風松に知らせた。風松はすぐさま呉服橋御門内の北町奉行所の前で深町を待って、そのことを知らせた。深町は正哲を呼びに行くようにと指示を与えたという。

「先生!」

風松は荒い息をして土間口から正哲を呼んだ。

「おう、入って来い」

正哲は一人で昼飯を食べていたところだった。

「深町の旦那が仙台屋の方に来て下せェとおっしゃっております」

風松の顔が青ざめていた。

「どうした?」

「先生、美代治が下手人かも知れやせん」

「何か摑んだのか?」

「へい。深川の捨吉親分が、おすがの男を見つけやした」

「ほう……それで?」

正哲は残った飯に茶を掛けて啜《すす》り込んだ。

「その男、植木売りをしているんですよ」

「…………」

「薬師堂の縁日で美代治の野郎、植木売りの手伝いをしていたじゃねェですか。あっしはもうピンと来やした」

「その男が美代治と顔見知りだったということは考えられるな。ということは女はやはり、仙台屋に来た女ということになるのか?」

「多分、そういうことになります」

「深町の旦那は何んと言っていた?」

「これから美代治をしょっ引く手はずでおりやす」

「まだ、しょっ引いていなかったのか……」

正哲は少し不安になっていた。後手《ごて》に廻っては、また美代治に言い逃れをされるような気がしてならなかった。

「よし、奴の化けの皮をひっ剝《ぱ》がしてやる」

正哲はぐいっと立ち上がり、衣桁から紋付羽織をずるりと引き落とした。

「ところで、お杏ちゃんは？」

風松は姿の見えないお杏のことを気にして言った。

「朝に提灯掛横丁の『ほたる』に行って、亭主に話を聞いて来ると言って出かけたきりだ。昨夜、仙台屋の事件が振り出しに戻ったと言ったら、俄然、張り切り出した」

「先生……」

風松は心細いような声を洩らした。

「もしかして、仙台屋のことも何かおっしゃいましたか？」

「お杏はおれに、仙台屋の中で調べていない所はないかと訊いたから、二階の手代と丁稚の部屋はまだよく調べていねェと言った」

「………」

風松は金縛りに遭ったように押し黙った。

「ふう、どうした！」

「深町の旦那を奉行所に迎えに行った時、お杏ちゃんは仙台屋の番頭と店前で話をしておりやした。気になったんですが、あっしは、そのまま奉行所に先に行ってしまいました。戻っていないとなると……」

すでに一刻（二時間）ほど時間が過ぎている。

「早く美代治をしょっ引け！」

正哲は怒鳴るように風松に言った。

「へい」

二人は転がるように家を飛び出した。正哲の胸を嫌やな気分がせり上がっていた。

仙台屋の前には深町が芳三と捨吉と一緒にすでに立っていた。

「旦那……」

正哲が声を掛けると、深町は店の中に目配《めくば》せを送った。

「今、美代治にちょいと訊ねたいことがあるから茅場町の大番屋の方に来てくれと言ったばかりだ」

深町は囁くような声で正哲に言った。

「おすがの男のことは話したんですか？」

「ああ。さすがに顔色をなくしていた。ちょいと用意をするので待ってくれと言った」

美代治は二階で身仕度をしているようだ。

「旦那、お杏の姿が見えねぇんですよ。朝方にふうがここで立ち話をしているお杏を見たと言っているんですが……」

深町は正哲の話に眉間に皺を寄せて押し黙った。

店の中はしんとして物音もしなかった。番頭の治助は俯いて震えていた。風松は治助の襟を摑んで「手前ェ、何か知っているな？」と脅した。

「お内儀《かみ》さんは二階です……」

治助は聞き取り難い声でようやく言った。

「手前ェ、このッ！　早く言え」

がんと治助の顎に一撃を加えると、風松は十手を取り出し、左手で右手の袖をたくし上げた。

「待て風松。番頭に様子を見に行かせろ」

深町が押し殺した声で風松に言った。

正哲は一瞬、瞼を閉じた。最悪の事態を予想していた。お杏は手掛かりを摑むため、仙台屋に来たのだ。美代治が留守なら、こっそり二階の部屋を検《あらた》めるつもりだったのだろう。

お杏が何かを摑んだ時に、運悪く美代治が舞い戻る。お杏は美代治のようにうまい言い訳ができる女ではない。あんたが殺したんだ、あんたよ。強く問い詰めるお杏に業《ごう》を煮やし、美代治がまた、にっこり白い歯を見せてお杏の前に刃物を取り出す……そこまで考えて、正哲は頭を左右に振った。

「先生、しっかりして下せェ。大丈夫ですよ、お杏ちゃんはきっと大丈夫ですよ」

風松はそう言いながら、ぽろぽろと涙をこぼした。

「大丈夫なら、何んで泣く！」

正哲は風松の頰を一つ張った。

二階に上がって行った治助はすぐさま階段を転げ落ちるように下りて来ると、あわあわと意味不明の言葉を吐いた。深町の顔に緊張が走った。

「よし、行くぞ。そっとな、そっと行くんだ」

深町は先頭に立った風松に言った。風松は拳で眼を拭うとぐっと唾を飲み込んだ。細い首に喉仏が上下するのがわかった。風松は一歩一歩踏み締めるように階段を上って行った。深町と正哲が後に続いた。

二階の板の間に立って中を覗いた風松は棒立ちになった。

「どうした？」

後ろに続いた深町が囁き声で訊いた。

「美代治が倒れています」

「…………」

「お杏はどうした？」

正哲が吠えた。

「お杏ちゃんも……」

正哲の頭の中はその瞬間に真っ白になった。

正哲は目の前の深町を押し退《の》けた。

二階の部屋で美代治は口から泡を吹いて倒れていた。もはや、絶体絶命と悟った彼は、自ら石見銀山《いわみ》をあおって自害したのだ。お杏は壁側に身体を向けて倒れていた。腰から下が夥《おびただ》しい血に染まっている。畳がその血で濡れていた。

正哲はお杏の身体をそっと手前に引き戻した。お杏は微かに呻《うめ》き声を洩らした。死んではいなかった。

「お杏、お杏！」

意識の朧ろなお杏に正哲は叫んだ。

「どこをやられた？　腹か？　胸か？」

お杏は弱々しくかぶりを振った。

「あんた……ごめんなさい……子が流れちまった……」

畳に拡がった血は刃物によるものではなく、お杏が流産したためだった。

「そんなことはいい。命が無事だっただけでおれはもう……」

正哲はそう言うと、お杏を抱え上げた。

「先生！」

風松が悲鳴のような声を上げた。

「お杏をうちに連れて帰って親父に診てもらう。美代治のおろくのことは後にしてくれ」

「へ、へい」

「旦那、ちょいとご免なすって」

「あ、ああ……」

深町は腰を打ったようで芳三に摩《さす》ってもらっていた。「お内儀《ないぎ》はご無事であったか？」と正哲に訊ねた。

「お蔭様で……」

「さようか……怪我をしておるのか？」

「大したことはありません。そいじゃ……」

「うむ」

正哲は仙台屋の外に出ると、安堵の溜め息を洩らした。

「お杏、二階の部屋に何か手掛かりになるようなものがあったのか？」

正哲はお杏を抱え、歩きながら訊ねた。お杏は正哲の太い首に両腕を回している。通り過ぎる人々は何事かと二人を見ていた。しかし、お杏の着物に血が滲んでいるのに気がつくと道を空けてくれた。

「押し入れの下……行李《こうり》の中に十五両……」

お杏は切れ切れに正哲の耳許に囁いた。吐息が熱い。

「美代治の行李だな？」

正哲が訊ねるとお杏は肯いた。「それから……」お杏は話の続きをしたいようだったが、何しろ身体が切《せつ》なかった。

「わかった。後で訊く」

「お義父さんに診てもらうの、恥ずかしい……」

お杏はそんな時でも羞恥《しゅうち》を覚えているようだ。

「わかった。おれが手当するから」

「あんたも医者だから……」

「そうだ、おれだって蘭方医者だ」

正哲は力強くそう言うと、お杏の身体を抱え直し、地蔵橋の家に急いだ。


お杏はそれから二十日ほど床の中で過ごした。予定していたお産を二つ抱えていたので、事情を説明して、他の産婆に託した。

正哲は、その後、事件らしい事件もなかったので、お杏の介抱と飯の仕度に明け暮れた。

お杏はすっかり意気消沈していた。無理もない。何年も子ができず、ようやく身ごもったと思ったら流産してしまったのだから。

正哲はお杏に朝飯を食べさせると後片付けをした。それが済むと洗濯である。狭い家の中のこととはいえ、やる事は多い。お杏は上がり框《がまち》の辺りが埃《ほこり》っぽいと正哲に言った。掃除の桶に雑巾を浸し、正哲はうっすらと埃が溜まっている板をごしごしと拭いた。

「やったからな」

正哲はひと仕事終えると、お杏に報告する。

お杏はその度に「ありがと」と細い声を出した。

正哲は雑巾を濯《すす》いで、汚れた水を表に振り撒いた。

穏やかな春の陽射しが降り注ぐ日だった。少しも寒さは感じられない。江戸はこれから、ようやくよい季節になるだろう。正哲は陽射しの気持ちよさに、うっとりと眼を閉じた。

「先生、ご精が出ること」

近所の女房が襷《たすき》掛《が》けの正哲に声を掛けた。

「いや、なに……」

「お杏さん、大丈夫ですか？」

「あい、もう大丈夫ですよ」

「お大事になすって下さいね。お杏さんが倒れると私達は困ってしまいますから」

おれだって困る。正哲は胸の中で独りごちた。

空いた桶を取り上げて、家に戻ろうとした時、植木棚に置いてある梅の木がほころんでいるのに気づいた。枯れたと思っていたが、そうではなかったらしい。梅は季節の到来を感じて、ようやく花を咲かせる気になったらしい。

「お杏、外の梅の鉢な、咲いているぜ」

「本当？」

お杏は心底、驚いた様子で床の上に起き上がった。

「ねえ、ここに持って来て」

「ああ」

お杏の顔が久しぶりに上気していた。正哲はそれが嬉しかった。

縁側に置いた梅の木は気のせいか、少しだけ大きくなっているように見えた。二つほど花が咲いて、蕾のところも今にも咲きそうな様子である。

「美代治、一つだけ嘘はつかなかったわね」

お杏はその梅を見て、美代治のことを思い出したらしく、そんなことを言った。

美代治のことを思い出させる梅はお杏にとって不快ではないのだろうか。正哲がそれを訊ねると、「馬鹿ね、梅は梅じゃない。梅に罪はないわ」と言った。

お杏はあの日、提灯掛横丁の一膳めし屋「ほたる」で美代治の足取りを探った。ほたるの亭主は仙台屋の事件が起こる前に、確かに美代治はそこで飲んでいたと言ったが、戻った時刻は定かに憶えていなかった。自分も途中から飲み始めてしまったからだ。

埒《らち》が明かなかったお杏はその足で仙台屋に出向き、治助に訊ねたのだ。美代治が店を留守にしていたので、二階の部屋を見てもいいかと治助に言うと、治助は渋々肯いてくれた。

手代の五助と丁稚の長松は部屋から出たところを殺されたということだったが、お杏は壁にうっすらと血の飛沫《しぶき》があるのを確認した。

やはり二人とも寝入っているところを殺されたのだ。押し入れには店の帳場からくすねた金が貯めてあった。貯めてどうしようとしたのかは深町にも凰松にも、番頭の治助にもわからなかった。

お杏が二階の部屋を調べていた時に美代治が戻って来た。逃げようとしたお杏に美代治は鉄拳を振った。お杏は倒れた衝撃で流産したのだ。

おすがは美代治が深川に遊びに行った時に顔見知りになった女である。事件を計画していた美代治は事前に仙台屋を訪ねることを頼んだらしい。その時に、おすがの間夫であった植木売りの半蔵《はんぞう》も仲間に入れたのである。仙台屋に顔を出して、事件を攪乱《かくらん》させる目的でもあったのだろう。それなら人相書きをああまで詳細に拵えることはなかったではないかと思うが、それも美代治が死んだ今では真相を知ることができない。

美代治はおすがと半蔵の三人で犯行に及んだ。闇雲《やみくも》に薪割りを振った美代治。その人懐っこい表情の裏に、深町や正哲が想像もできない奇矯な性格を具《そな》えていたのだ。

仙台屋の事件の後、人々に悔やみを述べられ、同情され、美代治の顔を見れば声を掛ける人々に、美代治は心底、ありがたそうに応えていた。

美代治さん、美代治さんと騒がれる美代治は、かつて大坂で米の横流しをやった時に得た人気をもう一度、思い出していたのだろうか。

多くの事件を手掛けて来た深町も正哲も、この美代治の行動だけはどうにも理解の及ばないものであった。

お杏はその後、もう一度身ごもったが、またも、子は流れた。これでいよいよ子供は駄目かと諦めた一年後、お杏は身体の変調を覚えた。三度目の正直で、お杏は今度こそ無事に出産までこぎつけることができた。

正哲が左手に娘のお哲《てつ》を抱え、右手に杉田玄白の『和蘭事始』を手にすることができたのは仙台屋の事件から数えて五年後のことである。

〈彼《かの》ターフルアナトミイの書に打向《うちむか》ヒしに、誠に艪《ろ》・舵《かぢ》なき船の大海に乗出《のりいだ》せしが如く、茫洋として寄《よる》べきかたなく、たゞあきれにあきれて居たるまでなり。〉

そうして玄白は蘭学を学ぶ者が多い昨今の現状に深い感慨を抱き、述べている。

〈今時世間に蘭学といふ事専《もっぱ》ら行はれ、志をたつる人は篤《あつ》く学び、無識なる者は漫《みだ》りにこれを誇張す。其初《そのはじめ》を顧み思ふに、昔し翁が輩二三人、不図《ふと》此業に志を興《おこ》せし事なるが、はや五十年に近し。今頃斯《か》く迄《まで》に至るべしとは露思《つゆおもは》ざりしに、不思議にも盛《さかん》になりしことなり。〉

『解体新書』から正哲が教えられることは多かった。それがなければ日本の医術の進歩は、はるかに遅れたものになったはずだ。一人の英明な医者によって医術の世界が大きく変わったことを正哲は実感していた。『和蘭事始』を見ながら正哲は何度も涙を滲ませることがあった。正哲の表情に娘のお哲は敏感に反応して自分も泣き声を上げた。

お杏が飛んで来て、正哲の腕からお哲を取り上げ「お守りもできないの?」と皮肉を洩らすが、幸福な正哲一家のことは、それはまた、別の話である。

町奉行所におろく医者と称する検屍役の記述はない。美馬正哲の存在は同心が抱える小者《こもの》の扱いと同等のものになる。小者は町奉行から使われるのではなく、あくまでも同心が私的に使っている者達である。

従って今日でも、史実はおろく医者の存在を示すことはできない。そういう医者がいた、ただそれだけのことである。

文庫のためのあとがき

宇江佐真理

　世間的にはそれほど有名でなくとも、世の中には偉い人が大勢おります。そのようなこと、お前にわざわざ言われなくてもわかっておるわい、と反論する前に、どうぞ、しばらく黙ってお聞き下さいませ。

　偉い人とはどのような人を指すのでしょうか。この国は金銭と実力が結びついた人間だけを認める傾向があります。それが常々、不本意であると私は思っていたのですが、改めて口にするのは子供っぽいような気がして控えておりました。

　人の評価は年俸と資産、所持する高級グッズに尽きるように思われます。人間の価値とはそういうものではないことを十分に承知していながら、現実は目先に捉《とら》われているようです。

そういう世の中だから、私はなおさら偉い人捜しをしたくなるのかも知れません。

売名行為ではなく本当に人のために尽くしている人達。とりわけ人の病を治療する医者に心が引かれます。

熊本大学の外科医小川道雄教授も私が心引かれたお一人でした。NHKのドキュメント番組『心でメスを握れ』で小川教授のことを知りました。

番組は停年を二年後に控えた小川教授と大学を出たての研修医との一ヵ月を追ったものでした。僅かな放映の間でも小川教授の医者としての真摯《しんし》な姿勢が伝わってきます。

小川教授は新人医師にまず、看護実習を命じました。看護婦の仕事を理解させる目的でした。最終的な裁断は医者がするにしても、チーム医療であることを強く訴えたい小川教授の意図が窺《うかが》えます。小川教授は朝の総回診にはエレベーターを使用せず、十二階を足で昇ります。それは戒《いまし》めとして自分に課していることでした。総回診は後ろに部下の医者を何人も引き連れるので、しばしば大名行列にたとえられます。山崎豊子氏の『白い巨塔』の一シーンを覚えておられる方も多いことでしょう。しかし、小川教授には、総回診の先頭を行く自分の権威を誇示したくないという謙虚な姿勢がありました。それだけでも私は打たれます。

カルテはいちいち見ない、ベッドの患者を上から見下ろさず、必ず患者の目の高さにするという細かな心遣い。新人医師は小川教授から医師としての心構えを教えられるのです。

小川教授は本当によいお顔をされておりました。人間の所業はすべて顔に表れると私は思っております。医者はできない、嫌《い》やとは言えない職業であります。患者を拒否した時、患者に待っているものは死しかありません。

懸命の治療が及ばず死に至らしめた患者は多いと小川教授は述懐します。その時は大いに自責の念に駆《か》られたとか。

そしてメスであります。メスは外科医にとっては大事な商売道具です。小川教授は手術中に握るものだけがメスではなく、その前も、その後も握っているものであるとおっしゃいます。小川教授が大事にされているものは、先輩医師から贈られた木箱に収められた一本のメスでした。

木箱の蓋《ふた》には「無縫《むほう》」という言葉がしたためられております。縫合した痕がわからないほどに手術の完璧を心掛けるという意味で。

研修医の月給が六万円であることも初めて知ったことです。外科医は金儲けができない職業であると言い放った小川教授の顔が神々しく見えました。

いかがでしょう。偉い人はどこまでも偉いというのが私の結論であります。

前置きが長くなりました。『室の梅』の美馬正哲も言わば外科医でありますが、こちらは検屍を専門とする医者であります。江戸時代、検屍官が存在したかどうかわかりませんが、あえて登場させて様々な問題に触れさせてみました。生が粗略に扱われやすい現代において、死者の声を聞く美馬正哲の物語は単行本から三年経た今も何やら象徴的なものを帯びているような気がします。それは作者が意図したことではありませんが。

どうか読者の皆様には存分に生きて、人生を謳歌してほしいと切に願っております。読者の皆様の日々の無聊《ぶりよう》を慰めるために、私もよい小説が書けるよう一層の努力をする覚悟でおります。これからもよろしくお願い致します。

平成十三年七月

函館の自宅にて

解説

氏家幹人

六尺を超えるがっしりした体軀《たいく》に魁偉《かいい》な容貌。くわえて頭髪はすっかり剃られていたから見た感じはさながら大入道だったが、胡座《あぐら》をかいた鼻の上の眼は優しげで、笑うとえくぼができる。主人公美馬正哲は、ちょっと変な三十男である。

変なのは外見だけではない。町医者の三男として生まれた彼は、兄たちがそれぞれ大藩に召し抱えられたり大名家に出入りして活躍しているのとは対照的に、一人、八丁堀の役人と組んで日々検死の仕事に明け暮れている。仕事といっても大した報酬があるわけではなく、家計はもっぱら産婆をしている恋女房お杏の稼ぎに支えられているのだが……。

若い岡っ引きに「死人はただ死に顔を晒しているだけじゃねェんだぜ。ちゃんとな、手前ェはこんなふうに死にましたと言っているのよ。おれにはそんな声が聞こえる気がするな」としみじみ語り、変死体の中でも検死が難しい水死体にとりわけ「気をそそられる」ほど仕事熱心な正哲を、人々はいつしか「おろく医者」と呼ぶようになった。「おろく」は南無阿弥陀仏の六文字に由来する語で死体を意味するという。

医者として人並み以上の技術も能力もありながら、「生きてる人の脈をとることはすっかり忘れちまった」と屈託なく語り、検死の仕事に打ち込む夫の生き方にお杏は不満を感じないでもなかったが、自分も産婆として人の生き死にの場面に接しているから普通の女房よりは夫の仕事が理解できた。いや、理解できるどころか、華岡青洲《はなおかせいしゅう》が全身麻酔による乳癌摘出手術に成功したと聞いて、教えを請いに紀州に飛んでいった夫の留守に、「手こずる事件が持ち上がった時は、こいつを開いて見れば大抵のことはわかる」と託された「おろく覚え書き」（検死記録書。検死マニュアル）をひもとくと、彼女自身も検死に興味を覚えはじめる。

舞台は十九世紀の初め。平賀源内を先生と呼び、杉田玄白に私淑する正哲の夢は、どうやら変死体の研究（法医学）にはとどまらないようだ。華岡青洲の乳癌手術を学んで帰ってきた正哲は、自分も乳癌の患者だけは治せると誇らしい気持ちで一杯になり、これからは（青洲が薬草から麻酔薬を生み出したことにならって）「暇を見つけて薬草の勉強をしよう」と決意するのだった。

明日への希望は新しい命の誕生によってさらに膨らむだろう。長らく子宝に恵まれなかった夫婦だが、二度の流産を経てようやく女の赤ちゃんが誕生したことを告げて、本書は幕を閉じるのである。

変死と出産といういわば人生最大の悲喜劇と日々直面格闘しながら、ひっそり心優しく暮らしている正哲とお杏。いい夫婦じゃないかと小説の面白さを堪能したうえで、歴史研究者の私は、この作品が江戸時代における検死と医学をとりあげていることに興味をそそられた。

＊

今日と同様、当時も江戸や大坂・京都などの大都市はもとより、全国各地の町や村で変死体が発見された。殺人事件の被害者もあれば何らかの理由で自ら命を絶った者もあり、旅の途中で病に倒れて……というケースもすくなくなかった。

変死体発見！　となれば担当の役所から検死役（一般に「検使」と表記された）が派遣され、死体の詳細な検分書（傷の位置や大きさ深さなどを克明に記録）や関係者の調書等が作成されたのは現代と大差ない。しかし特別な研修を終えた専門のスタッフが配置されていたわけではなく、たとえば江戸の場合は町奉行所の同心が務めた。ちなみにこの作品の舞台となった十九世紀初めの江戸では、南北町奉行所の「町同心ノ老人」が四人ずつ、隔番で（一日置きに）江戸町方の全体の「検使」を担当していたという（海保青陵『経済話』）。場合によっては医師に協力を求めることもあったが、大体は彼らが現場を臨検して、他殺か自殺かの判断を下したらしい。

というと、江戸時代はずさんな検死が行われたと思うかもしれないが、なかなかどうしてそうでもない。一例として日向《ひゅうが》（宮崎県）高鍋《たかなべ》藩の記録、『続本藩実録』を開いてみよう。文化八年（一八一一）三月、嫁いだのち変死を遂げた藩士の娘が報告もなく埋葬されたのを怪しいと感じた藩は、目付二人を派遣して遺体を掘り起こし、親族立会いのうえ検死させている。そして文政九年（一八二六）十二月には、やはり嫁いで間もない百姓の娘が自害し夫が姿を消したと報告を受けて駆けつけた藩の「検使」が、娘は自害ではなく他殺と断定、夫を捜索逮捕するよう捕り手を務める「穢多」たちに命じている。江戸時代でも、死亡状況や死体の状態に疑いがあれば、埋葬済みの屍だって掘り出して調べたし、自殺と他殺の合理的判断も下し得たのである。

法医学の専門的な教育も受けていないのに、ある程度精度の高い検死が行われたのは、当時すでに検死マニュアルとでもいうべきテキストが幕府や諸藩の役人の間で広く知られていたからである。中国の南宋の時代、一二四七年に刊行された世界最古の法医学書『洗冤集録《せんえんしゅうろく》』を元の時代になって増補したのが『無冤録《むえんろく》』（一三〇八年成立）で、これが朝鮮を経てわが国に伝わり、医師の河合尚久《かわいなおひさ》が翻訳して元文元年（一七三六）に『無冤録述』を完成させた。本書の主人公美馬正哲が生まれる三十八年も前のことである。『無冤録述』は明和五年（一七六八）に出版され、以後、明治三十年代に至るまで何度も刊行され、検死必携の書として担当者の間で重宝されたという。

長年現場で使われ続けた検死の参考書だけあって、たしかに『無冤録述』は内容豊かで記述も分かりやすい。現場で必要な道具や死臭の防ぎ方（「真麻油《ごま》を鼻の孔の辺に塗る」など）あるいは死体を検査する際の基本的心得（「目の瞳、口の内、歯舌など鼻の内などもよく心を付け……」「大小便の二所も念入れて見るべし」等々）を述べたうえ、さらに勒死《ろくし》（絞め殺された死体）と自縊死（首吊り自殺）の見分け方、水中に落ちて死んだ変死体と殺害後に水中に投じられた死体との違いなどが具体的に記されているのだ。

なかには骸骨に子供の血をたらすと実の子の血だけがしみる（実の親の死体か否かの判定法）など眉唾なものもないではないが、焼死体は口や耳鼻の中に灰塵が入っているのに反し、殺害後火に投じられた死体の口鼻耳に灰塵は含まれていないとか、水死体の指の爪には砂や泥が混じっているが、殺されて水中に入れられた死体の爪には土砂が入ることはない（水中でもがき苦しまないから）とか、なるほどと頷ける記述がすくなくない。素人が読んでも面白いくらいだから、仕事として変死体に接し検死報告書を作成しなければならなかった江戸時代の「検使」たちは、さぞかし熱心に読みかつメモを取ったにちがいない。

法医学の古典的名著。とはいえ、所詮数百年前に異国で著された書物である。日本の国情や風俗習慣に合わない記述も多く、実用に適さない箇所も一つや二つではなかったであろう。はたして江戸の末期になると、『無冤録述』を基本としながらも、それぞれの藩の手続きや前例を記した、より実用的な検死マニュアルが各地で作成されるようになった。正確な数字はあげられないが、その点数は、現在いずれかの史料保存機関が所蔵しているものだけでも、百は下らない（一部は山崎佐『日本裁判医学史』で紹介されている）。

『横死《おうし》吟味《ぎんみ》心得之《こころえの》事《こと》』もその一つ。一七六〇年代から九〇年代にかけて水戸藩の郡方役人を務め検死を経験した坂場与蔵《よぞう》の著で、大部分は『無冤録述』の摘要だが、「首縊《くびくくり》改　事《あらためのこと》」と題して自らの経験から得た知識も添えている。曰《いわ》く。「完全に絶命していると見極めた場合は、首吊り死体に手を触れてはいけない。死体を下ろす前にまず周囲を丹念に調べ、他殺か自殺か判定の参考になる証拠を探すべきだ。おうおうにして新米の検使役は、少しでも早く死体の状態や傷の有無を見ようと気が急いて死体を動かし、現場に残っていた重要な証拠を見落としたり消してしまうものだ」（意訳）

*

小説の世界に戻ろう。「おろく医者」美馬正哲もまた検死記録を大切に保存し、長年の経験から得た知識を書き添えた自分なりの検死マニュアルを作成して葛籠《つづら》に収めていた。正哲の留守中、黄表紙を読むのに飽きたお杏の眼が、ふとその葛籠に留まる。

蓋を開けると書き付け帖が盛り上がるように現れた。下になっているものは紙の色が変わっている。事件の度に日記のように書き付け、後で死因別に分けていた。特に多いのは水死の書き付けで、一巻から五巻まである。

（『おろく早見帖』）

かくも詳細で内容豊かな検死マニュアルは希有《けう》にしても、心覚えとして検死記録を分類整理した人は実在したのではないだろうか。分厚い変死体ファイル。検死に関する史料が全国各地に多数現存していることを思えば、正哲の「おろく早見帖」は、われわれが想像する以上に史実に近いものなのかもしれない。

それにしても正哲の早見帖はマニアックすぎないか。まさか彼のような医者が実在したとは考えられないと否定的な人たちには、やや時代が下るが明治七年（一八七四）に越前国（福井県）で起きた或る事件を紹介しよう。

岩本村の医師山田常平と仲間の医師たちは、先に購入した「人骨ヲ論シタル画図」（人骨図解）を見ているうちに実物と比較してみたい欲求を押さえられなくなり、死体の発掘を決意した。村の有力者に事情を話して承諾を得て彼らが掘り出したのは、仮埋葬されていた行き倒れ人の死骸。さて、掘り出したまではよかったが、腐乱した屍にはまだ皮膚や肉が付着していて骨の状態がよく観察できない。山田は自宅へ持ち帰り桶に入れて皮肉が腐り落ちるのを待った。しかしそれでもなかなか骨だけにならないので、仲間と相談の上、白骨化を早めるため、薦《こも》で包んで水中に沈めた（『司法省日誌』）――。

いくら医学の研究のためとはいえ埋葬済みの屍を発掘し、のみならず水中に浸した罪は許しがたいと、結局、山田に金五円二十五銭、仲間の医者たちに四円五十銭の贖罪金を科してこの事件は決着している。山田らの行為は残酷といえば残酷に違いないのだが、反面、人骨の構造をぜひこの眼で確かめたいという熱い知識欲に文明開化の風潮を感じるのは、私だけではないだろう。

死体に注がれた医師たちの欲情は、実は明治維新以前からたかまっていた。周知のようにわが国の医学的人体解剖は、宝暦四年（一七五四）に漢方の五臓六腑説に疑問を感じた山脇東洋が、京都で刑死体を腑分けしたのに始まる。その後、伊良子《いらこ》光顕《みつあき》、栗山孝庵と続き、明和八年（一七七一）には、前野良沢・杉田玄白らによって日本の医学史上画期的な解剖が江戸の刑場小塚原で行われたのは周知のとおり。その後『解体新書』が刊行されると、西洋医学に対する関心ひいては人体を切り開いて内部の構造を確かめたいという医師たちの欲求はさらにたかまり、幕末には需要が多すぎて解剖用の死体が容易に手に入らなかったという。

死体解剖と医学の発展。だとすれば安永三年（一七七四）八月、奇しくも『解体新書』の出版と同年同月に誕生し医学を志した主人公が、医学修業を兼ねて検死の仕事に精力を傾けたとしても、必ずしも変人とは言い切れないだろう。だからといって町奉行所の同心や岡っ引きと組んで死体発見現場に駆けつけた医者が実在したとは断言できないのだが、いずれにしろ全く絵空事のキャラクターであるとも思えないのである。

卓越した検死医であると同時に、著名な蘭方医に頼まれて弟子たちの前で腑分けの実演をしてみせるくらい解剖の技術に長けた美馬正哲の姿。それは江戸時代の医学の明日を予感させる魁《さきがけ》ともいえそうだ。

著者は、現在のところ「おろく医者の存在を示す」記述は見つかっていないという。たしかに。でも江戸時代の史料の量は気が遠くなるほど膨大である。まだ世に出ていない史料の中に正哲のような医者が埋もれてないと誰が断言できるだろう。もしも史実が小説を模倣して「おろく医者」の実在が確認されたとしたら……。その時、江戸という時代は輝きを増し、この小説の面白さにもいっそう磨きがかかるにちがいない。

（うじいえ・みきと／近世史研究）

参考文献

『死体は語る』上野正彦・著（時事通信社）
『警視庁検死官』芹沢常行・斎藤充功・共著（同朋舎出版）
『やぶ医者のなみだ』森田功・著（文春文庫）
『現代農業』一九九六年増刊（農山漁村文化協会）
『捜査一課　謎の殺人事件簿』近藤昭二・著（二見書房）

初出誌

おろく医者——「季刊歴史ピープル」一九九七年盛秋特別号
おろく早見帖——「季刊歴史ピープル」一九九八年新春特別号
山くじら——「季刊歴史ピープル」一九九八年陽春特別号
室の梅——「季刊歴史ピープル」一九九八年盛夏特別号

●本書は一九九八年八月、小社より刊行されました。

|著者| 宇江佐真理　1949年函館生まれ。函館大谷女子短大卒。1995年、「幻の声」で第75回オール讀物新人賞を受賞。2000年、『深川恋物語』(集英社文庫)で吉川英治文学新人賞受賞。2001年、『余寒の雪』(文春文庫)で中山義秀文学賞受賞。著書に『泣きの銀次』『晩鐘　続・泣きの銀次』『虚ろ舟　泣きの銀次　参之章』『涙堂』『あやめ横丁の人々』『卵のふわふわ』『アラミスと呼ばれた女』『日本橋本石町やさぐれ長屋』(すべて講談社文庫)など。他に「髪結い伊三次捕物余話」シリーズなどがある。2015年、逝去。

室《むろ》の梅《うめ》　おろく医者《いしゃ》覚《おぼ》え帖《ちょう》
宇江佐真理《うえざまり》

2001年 9 月15日第 1 刷発行
2022年 7 月13日第28刷発行

発行者——鈴木章一
発行所——株式会社　講談社
東京都文京区音羽2-12-21　〒112-8001
電話　出版 (03) 5395-3510
　　　販売 (03) 5395-5817
　　　業務 (03) 5395-3615
Printed in Japan

講談社文庫
定価はカバーに
表示してあります

KODANSHA

デザイン—菊地信義
製版———大日本印刷株式会社
印刷———株式会社KPSプロダクツ
製本———株式会社KPSプロダクツ

ISBN4-06-273245-9

講談社文庫刊行の辞

二十一世紀の到来を目睫に望みながら、われわれはいま、人類史上かつて例を見ない巨大な転換期をむかえようとしている。

世界も、日本も、激動の予兆に対する期待とおののきを内に蔵して、未知の時代に歩み入ろうとしている。このときにあたり、創業の人野間清治の「ナショナル・エデュケイター」への志を現代に甦らせようと意図して、われわれはここに古今の文芸作品はいうまでもなく、ひろく人文・社会・自然の諸科学から東西の名著を網羅する、新しい綜合文庫の発刊を決意した。

激動の転換期はまた断絶の時代である。われわれは戦後二十五年間の出版文化のありかたへの深い反省をこめて、この断絶の時代にあえて人間的な持続を求めようとする。いたずらに浮薄な商業主義のあだ花を追い求めることなく、長期にわたって良書に生命をあたえようとつとめるところにしか、今後の出版文化の真の繁栄はあり得ないと信じるからである。

同時にわれわれはこの綜合文庫の刊行を通じて、人文・社会・自然の諸科学が、結局人間の学にほかならないことを立証しようと願っている。かつて知識とは、「汝自身を知る」ことにつきていた。現代社会の瑣末な情報の氾濫のなかから、力強い知識の源泉を掘り起し、技術文明のただなかに、生きた人間の姿を復活させること。それこそわれわれの切なる希求である。

われわれは権威に盲従せず、俗流に媚びることなく、渾然一体となって日本の「草の根」をかたちづくる若く新しい世代の人々に、心をこめてこの新しい綜合文庫をおくり届けたい。それは知識の泉であるとともに感受性のふるさとであり、もっとも有機的に組織され、社会に開かれた万人のための大学をめざしている。大方の支援と協力を衷心より切望してやまない。

一九七一年七月

野間省一

講談社文庫　目録

上田秀人 密封〈奥右筆秘帳〉
上田秀人 国禁〈奥右筆秘帳〉
上田秀人 侵蝕〈奥右筆秘帳〉
上田秀人 継承〈奥右筆秘帳〉
上田秀人 簒《さん》奪《だつ》〈奥右筆秘帳〉
上田秀人 秘闘〈奥右筆秘帳〉
上田秀人 隠密〈奥右筆秘帳〉
上田秀人 刃傷〈奥右筆秘帳〉
上田秀人 召《めし》抱《かかえ》〈奥右筆秘帳〉
上田秀人 墨《ぼっ》痕《こん》〈奥右筆秘帳〉
上田秀人 天下〈奥右筆秘帳〉
上田秀人 決戦〈奥右筆秘帳〉
上田秀人 前夜〈奥右筆外伝〉
上田秀人 軍師の挑戦〈上田秀人初期作品集〉
上田秀人 天主信長〈表〉〈我こそ天下なり〉
上田秀人 天主信長〈裏〉〈天を望むなかれ〉
上田秀人 波乱〈百万石の留守居役㈠〉
上田秀人 思惑〈百万石の留守居役㈡〉
上田秀人 新参〈百万石の留守居役㈢〉

上田秀人 遺臣〈百万石の留守居役㈣〉
上田秀人 密約〈百万石の留守居役㈤〉
上田秀人 使者〈百万石の留守居役㈥〉
上田秀人 貸借〈百万石の留守居役㈦〉
上田秀人 参勤〈百万石の留守居役㈧〉
上田秀人 因果〈百万石の留守居役㈨〉
上田秀人 忖《そん》度《たく》〈百万石の留守居役㈩〉
上田秀人 騒動〈百万石の留守居役(十一)〉
上田秀人 分断〈百万石の留守居役(十二)〉
上田秀人 舌戦〈百万石の留守居役(十三)〉
上田秀人 愚劣〈百万石の留守居役(十四)〉
上田秀人 布石〈百万石の留守居役(十五)〉
上田秀人 乱麻〈百万石の留守居役(十六)〉
上田秀人 要《よう》訣《けつ》〈百万石の留守居役(十七)〉
上田秀人 梟《ふくろう》の系譜〈宇喜多四代〉
上田秀人 竜は動かず 奥羽越列藩同盟顛末 (上)万里波濤編 (下)帰郷奔走編
内田樹 下流志向〈学ばない子どもたち 働かない若者たち〉
内田樹
釈徹宗 現代霊性論
上橋菜穂子 獣の奏者〈I闘蛇編〉

上橋菜穂子 獣の奏者〈II王獣編〉
上橋菜穂子 獣の奏者〈III探求編〉
上橋菜穂子 獣の奏者〈IV完結編〉
上橋菜穂子 獣の奏者〈外伝 刹那〉
上橋菜穂子 物語ること、生きること
上橋菜穂子 明日は、いずこの空の下
海猫沢めろん 愛についての感じ
海猫沢めろん キッズファイヤー・ドットコム
冲方丁 戦の国
上田岳弘 ニムロッド
上野歩 キリの理容室
内田英治 異動辞令は音楽隊！
遠藤周作 ぐうたら人間学
遠藤周作 聖書のなかの女性たち
遠藤周作 さらば、夏の光よ
遠藤周作 最後の殉教者
遠藤周作 反逆(上)(下)
遠藤周作 ひとりを愛し続ける本
遠藤周作 周作塾〈読んでもタメにならないエッセイ〉

講談社文庫　目録

大沢在昌　語りつづけろ、届くまで
大沢在昌　罪深き海辺 (上)(下)
大沢在昌　やぶへび
大沢在昌　海と月の迷路 (上)(下)
大沢在昌　鏡の顔〈傑作ハードボイルド小説集〉
大沢在昌　覆面作家
大沢在昌　ザ・ジョーカー 新装版
大沢在昌　亡命者〈ザ・ジョーカー　新装版〉
大沢在昌／藤田宜永／堂場瞬一／井上夢人／今野敏／月村了衛／東山彰良　激動　東京五輪1964
逢坂剛　十字路に立つ女
逢坂剛　奔流恐るるにたらず〈重蔵始末(八)完結篇〉
逢坂剛　新装版カディスの赤い星 (上)(下)
オノ・ヨーコ／飯村隆彦 編　ただの私《あたし》
オノ・ヨーコ／南風椎 訳　グレープフルーツ・ジュース
折原一　倒錯の帰結
折原一　倒錯のロンド〈完成版〉
小川洋子　ブラフマンの埋葬
小川洋子　最果てアーケード
小川洋子　琥珀のまたたき
小川洋子　密やかな結晶〈新装版〉
乙川優三郎　霧の橋
乙川優三郎　喜知次
乙川優三郎　蔓の端々
乙川優三郎　夜の小紋
恩田陸　三月は深き紅の淵を
恩田陸　麦の海に沈む果実
恩田陸　黒と茶の幻想 (上)(下)
恩田陸　黄昏の百合の骨
恩田陸　『恐怖の報酬』日記〈酩酊混乱紀行〉
恩田陸　きのうの世界 (上)(下)
恩田陸　七月に流れる花／八月は冷たい城
奥田英朗　新装版ウランバーナの森
奥田英朗　最悪
奥田英朗　マドンナ
奥田英朗　ガール
奥田英朗　サウスバウンド
奥田英朗　オリンピックの身代金 (上)(下)
奥田英朗　ヴァラエティ
奥田英朗　邪魔 (上)(下)〈新装版〉
乙武洋匡　五体不満足〈完全版〉
大崎善生　聖《さとし》の青春
大崎善生　将棋の子
小川恭一　江戸の旗本事典〈歴史・時代小説ファン必携〉
奥泉光　プラトン学園
奥泉光　シューマンの指
奥泉光　ビビビ・ビ・バップ
折原みと　制服のころ、君に恋した。
折原みと　時《とき》の輝き
折原みと　幸福のパズル
大城立裕　小説 琉球処分 (上)(下)
太田尚樹　満州裏史〈甘粕正彦と岸信介が背負ったもの〉
太田尚樹　世紀の愚行〈太平洋戦争・日米開戦前夜〉
大島真寿実　ふじこさん
大泉康雄　あさま山荘銃撃戦の深層 (上)(下)
大山淳子　猫弁〈天才百瀬とやっかいな依頼人たち〉
大山淳子　猫弁と透明人間
大山淳子　猫弁と指輪物語

2022年6月15日現在